小小姑娘

虹影 著

The Little Girl

Hong Ying

南方出版传媒
花城出版社
中国·广州

图书在版编目（CIP）数据

小小姑娘 /（英）虹影著. -- 广州 : 花城出版社，2022.1

ISBN 978-7-5360-9488-8

Ⅰ. ①小… Ⅱ. ①虹… Ⅲ. ①散文集－英国－现代 Ⅳ. ①I561.65

中国版本图书馆CIP数据核字(2021)第196055号

出 版 人：肖延兵
项目统筹：许泽红　李倩倩
责任编辑：许泽红　陈晓欢
营销统筹：蔡　彬
技术编辑：凌春梅
封面供图：马灵丽
装帧设计：友　雅

书　　名	小小姑娘 XIAOXIAO GUNIANG
出版发行	花城出版社 （广州市环市东路水荫路11号）
经　　销	全国新华书店
印　　刷	恒美印务（广州）有限公司 （广州南沙经济技术开发区环市大道南路334号）
开　　本	880毫米×1230毫米　32开
印　　张	7.625　2插页
字　　数	140,000字
版　　次	2022年1月第1版　2022年1月第1次印刷
定　　价	49.80元

如发现印装质量问题，请直接与印刷厂联系调换。

购书热线：020-37604658　37602954

花城出版社网站：http://www.fcph.com.cn

有一天我一定会找到你，

那时无论离别怎样伤心悲痛，

我都不会哭。

目　录

1　女子善怀，亦各有行（总序）/ 林宋瑜
21　自　序

001　上法院
003　那始终是个谜
006　改名换姓
009　一只瓷猫
014　大姐从农村回来
018　二姐从学校回来
022　我生病了
025　大姐坐月子
028　两束白菊花
032　四姐告状
036　生虱子
039　小猫小黑
043　大表哥来了
047　出　事

050　三哥得离开家
052　怪老头
056　鸡奸犯
058　南　山
061　观花婆
063　一个女孩的避难所
068　后　院
071　小三妹
073　代课老师
077　猫跳舞
080　邻居周姐
083　卖花姑娘
087　青　萍
090　花　痴
093　幼儿园
096　扁担脚
099　阁楼闹鬼
103　古老的葡萄树

107 狗的故事
110 后院闹鬼
113 有女初长成
115 神秘的镜子
122 白头发女人
127 二姐讲的故事
133 梅与菊
136 新邻居
141 父亲的生日
144 李二嫂
146 科长大人
149 鸡汤的诱惑
152 私　情
155 食莲者
157 害怕成为一个大女人
161 男　孩
166 把木板架在长江上

183 篇外A
183 母亲远行
185 无论离别怎样伤心悲痛，我都不会哭
187 2008年5月

191 篇外B
191 我的女先知西比尔
192 心爱的女孩
194 十月荒地也能长丁香
196 原谅我，孩子

200 篇外C
200 时间是一把刀，把软弱的人杀死
——张悦然与虹影的对话

总　序

女子善怀，亦各有行

——虹影创作的N面

林宋瑜

纳博科夫在他的《说吧，记忆》前言中写道："对俄国记忆的一次英语重述的一次俄语复归的这一英语的再现，首先被证明是一项恶魔般的工作，但是给予我某种安慰的是想到这样一种为蝴蝶所熟知的多次蜕变，以前还从没有任何人尝试过。"[①]这里有几个关键词让我记忆犹新，一是语言，涉及母语及客语；二是重述与复归，涉及文化与经验；还有，就是"多次蜕变"。在我读到这个中文版本的《说吧，记忆》时，我差不多也与虹影的创作相遇了。当时的虹影，客居英国伦敦，她用中文写作，追述中国往事，重构记忆中的中国。

2021年3月，大部分地区正是春寒料峭，广州却已经一片

① 纳博科夫《说吧，记忆》，杨青译，花城出版社：1992年，第4页。

姹紫嫣红。在生机盎然的气象中，我收到虹影发来的最新长篇小说《月光武士》的电子稿，文件名显示是3月8日修订的。3月8日这一天，是国际妇女节。《月光武士》书名很“异文化”，有玄幻小说的色彩。书名来自作为小说隐线的一则日本民谣故事：一身红衣的小小武士，骑着枣红色骏马闯荡四方。路见不平，拔刀相助，替天行道。他救了一个落难小姑娘，小姑娘不想活，小武士带她看月光下盛开的花，月色中长流的江水，人间美景皆是活泼的生命。小姑娘因此得到活下去的鼓励和力量……多么诗意和富有童话色彩！每个女孩心底都有一个“月光武士”，都有一种被呵护、被珍惜的渴望。虹影将这个情结置于残酷叙述之间，并让我们看见“月光武士”化身在人间，非常巧妙地化解了现实层面的悲惨、戾气、压抑和绝望的状态，让人有活下去的勇气。这种叙述方式，在虹影以往的长篇小说中是罕见的。

整个小说所呈现的生命情状，与广州这个季节的气息相呼应，是非常饱满、不断流动变化的生命方式。尘世的欲望与激情，色彩驳杂而灿烂；回首故乡的那种悲伤、审察和谅解的复杂心路，是对来路的回溯或追寻，潜蕴着对所爱之人刻骨铭心的依恋与怀念。小说通过真实与虚构的场景与人性解读，构造出一个强大的精神气场，生机盎然。而书名虽为“武士”，但我知道虹影的小说，主角必有奇女子。

这个一闪而过的猜想，大概来自对虹影数十年创作的理解。虹影在中国大陆发表的第一篇小说，标题我还记得：《岔路上消失的女人》（《花城》杂志1993年第5期），距今将近30年。虹影是多产的，长篇、中篇、短篇小说，以及诗歌和散文，甚至童话作品，其创作迄今运用了多种不同体裁，当然最重要的体裁是小说。她的叙事风格、她藏在作品里的思想情感，也一直在微妙地变化着，然后渐渐形成了她丰富而独特的文学世界。“岔路上消失的女人”似乎成为一个隐喻，或者一个预言。虹影的作品，总会让我想起女人，她们的性格、命运、生活的道路……女人的面孔是在雾中的，但身影的轮廓清晰，风一样的女人，不走直路，不在主流路线上。她随时可能拐进前方的岔路，探出自己小径分岔的莫名远方，消失又出现，或者转身是另一个神秘女子……

读《月光武士》，在阅读中升起感慨。30年的创作，对于一个作家，意味着什么？《说吧，记忆》就是在这个时候浮现出来的。我从书柜里把泛黄的书找出来，重温纳博科夫的话。如果说，虹影创作的基石，也即叙事的出发点，来自她出生以来所遭遇的伤害、苦难及困扰，来自她昏天暗地的生活记忆，那么，这种记忆究竟发生多少次蜕变，才成就当下的言说？

我读《月光武士》，走进一个少年的青春期故事里。“成长”，是虹影小说最重要的元素之一。这一次的成长，是一个少年的形象，那个愣头青小子窦小明，他的成长过程同样充满艰难曲折、迷失与回归。在他身上，既可以看见虹影的影子，也可以看见虹影的梦想。通过窦小明，她再次讲述了记忆中生活的粗鄙、凉薄与悲情，却也书写了一种刻骨铭心的、无法完成的爱情，心灵的热切追求，如梦如幻，义无反顾，至善至爱。因此让小说的底色突破灰暗岁月，很自然地呈现出一种明亮和纯粹，让阅读获得一种怦然心动和飞翔之感。

叛逆、自由、勇敢、好奇、侠气、专情……窦小明这个人物承载着理想和纯真，自带光芒，熠熠闪亮。他的生活背景是烟火气浓重的重庆市民社会。隔着纸页，我都闻得到二十世纪七八十年代“老妈小面馆”的麻辣香气，听得到江边码头汉子们粗野的吆喝。这也是一个重情有义的世界。所有的人，难以分好坏和正邪，他们是凡夫俗子，世俗的欲望与烦恼，不比你、我、他多，或者少。爱中有恨，恨里有爱，纠缠与分离，告别与重逢，剪不断的恩怨情仇，犹如那滔滔不绝的嘉陵江水，抽刀断水水更流。

当“大粉子秦佳惠”出现时，“整个身影罩着一层光，跟做梦似的”，让少年窦小明的“心飞快地跳动”。不是女主角会是谁？我还是不懂“粉子”的确切意思。专门查了一下词语解释：“粉子，形容漂亮女性。‘粉’就是漂亮的意思。对漂亮女人的赞美依次可以为：粉子、很粉、巨粉。在成都，大凡有点文化的人，把可能成为性对象的女人，都称为‘粉子’，算是对女性的一种尊称。”“粉子”是川方言。川方言在《月光武士》里并不少见，比如“哈巴”“水打棒”，诸如此类，非常醒目。对于我这个在另一种方言中长大的岭南人来讲，这种阅读获得奇妙的陌生化效果。

秦佳惠是一位中日混血儿，她就是少年窦小明心中的女神。她美丽、温柔、神秘，有特殊的感染力；她身上没有虹影早期小说那些女性的凌厉、剑拔弩张，没有如《康乃馨俱乐部》那种深怀大恨绝处反击颠覆反攻的复仇心态。秦佳惠是温婉的、隐忍的、顺从的，甚至低到尘埃的，同样也是情深义重的。因为秦佳惠，《月光武士》有一种柔韧绵美的力量。秦佳惠是小说人物关系的联结点，她的父亲、落难的大学教授秦源，黑社会混混头子、出于报恩所嫁的丈夫钢哥，曾经生活在中国的日本女子、母亲千惠子，粗野泼辣而又顽强的窦小明母亲……这些人物着墨并不太多，却个性传神，留下很多想象的空间。虹影的写作，到了现在，已经张弛有度，不煽情，不文艺腔。爱恨情仇，分寸拿捏得恰到好处。叙事时间跨越几十年的一部作品，故事经历了时代天翻地覆的变化，但叙述节奏把握得很稳。物事、场景和人物关系随着情节一层层展开，读到最后，让人有一种“过尽千帆皆不是，斜晖脉脉水悠悠”的唏嘘怅然，却也可以波澜不惊气定神闲了。

结尾写道：“人只有忘掉旧痛，才可重新开始，但旧痛仍在，噬人骨髓，他将如何重新开始？”这一段是写窦小明的，也是虹影的独白。

无论是救苏滟，还是救秦佳惠，“英雄救美”都只是故事的外壳，是引子。《月光武士》的核心，有关一座城的精神变迁史，一个人的精神成长史。这种精神成长，不仅仅是窦小明的，也是虹影自己的，更是属于经历大时代动荡转折的一代人。所以，这部小说，尽管题材与《饥饿的女儿》《好儿女花》的自传色彩有很明显的不同，但究其内核，却有一脉相传的联系。因其呈现出新的叙事角度和价值取向，以及对前两部自传体小说的呼应与突破，《月光武士》应该是虹影创作的重要节点，甚至可以视之为虹影新的精神自传。

窦小明是具有双重视角的角色。一个是显性的视角，虚构的小说人物、当事者少年窦小明、男性窦小明；另一个是隐性的视角，言说者虹影、目击者虹影、旁观者虹影、女性主义者虹影。

多线叙事和双重视角，使《月光武士》具有一种复调效果和变奏曲般的音乐感。小说人物繁多，内部有着多声部对话，不同人物有各自的立场与表述。欢乐与苦痛，都在对话里或暗藏或显现。也正是这种显隐结合的叙事方式，让我们读到了扎根于虹影心中最有生命的东西，即是她关于世界及复杂人性的解读中那种真实有力的心理现实。这部小说，从个人写到群体，从家庭写到社会，横跨大半个世纪，是最普通的山城重庆百姓在历史滚滚洪流中命运沉浮、悲欢离合的深情记录和歌哭，包含她的痛与爱。这是一种叙述的转向，虹影不再执着于追寻真相与辨认某种界定。甚至，作为叙述者的女性主体、女性视角是隐蔽的，历史与记忆，虚构与想象，基于她当下的情感形态和心理认同，她从而呈现了超越性别的写作方式。

只有回顾虹影的创作历程，才能明了她当下的言说。

童年时代插入胸膛的那根刺，还在那里。拔出来，伤口还在。虹影通过她的写作，一次次晾晒内心的伤痛，那些不堪回首的往事、那些歇斯底里的喊叫，暴力的场面、践踏尊严的羞辱，都让读者产生压抑、揪心的感受。

在心理学精神分析疗法中，有一项“修通”技术。就是通过打破强迫性重复，实现满足现实需要，最终发展出满足自己愿望的能力。而一个人的现实需要一旦得到满足，强迫性重复就会被终止。更进一步，一个人能发展出满足自己愿望的能力，能做自己喜欢的、自己追求的事，愿望达成，他的身心就会放松、自如，内外世界和谐。这就是创伤记忆与心理修通的关系。这个过程，有点类似禅宗的“悟”，而且是渐悟的过程。渐悟就是多重创伤愈合的过程，它是漫长而且曲折的修炼。虹影正是通过她一次次坦率大胆，甚至冒犯的书写，她的私人性故事与公众化表达，她看见了自己，接纳了自己，最终修通自己，活出自己缺少且一直追寻的那一部分。

这个最重要的蜕变契机，是女儿的诞生。“写完自传小说，是和过去的自己真实对视，在有了女儿后，才真正和过去的生活做了和解。”[①]虹影如是说。

成为母亲与书写母亲，是虹影最重要的生命经历。生命因母亲而来，18岁前在山城重庆南岸长大，也因此成为虹影生命的基阶。从《饥饿的女儿》到《好儿女花》，读者与虹影一起经历着边缘女性沉重的生存危机（底层的）、身份危机（私生

---

① 《虹影：不再饥饿的女儿》，《三联生活周刊》2019年第41期。

女）、性别危机（受侮辱并损害的女性），以及自我审视、挣扎的艰难过程。这个因创伤记忆造成的巨大心灵黑洞，需要一生的时间去不停填充。那是一种多么巨大的饥饿！虹影曾经谈及心灵的伤痛："我的内心一直住着一个困兽，我无法倾诉，我无法寻求救赎，我濒临窒息。我想一个女人为什么活着，男人、欲望、金钱和名誉？不，都不是，而是基本的生存中，那最寻常的安宁之乐，父母双全，一家人在一起相守。而现实总不会给我们。"

残缺之痛，被社会压到最低的弱者之痛，边缘性地位饱受偏见与侮辱之痛，被虹影赋予到小说女性命运遭遇中。女性，成为虹影无法回避也不回避的话题，"她是谁？""她从何而来？往何处去？"成为她无法停歇的追问。虹影写了多少部小说，就有多少个处境不同、形象各异、生命既复杂又丰富、或纯粹或妖娆的女性形象。她更多的书写了女性的受难与抗争，比如母亲，比如六六。她们好像萧红笔下的女性，卑微，隐忍，抗命。虹影也写了一些以男性为主角的作品，比如《鹤止步》，还有最新完成的《月光武士》。但是她写男性，是试图以跨性别视角理解男性世界、审察性别关系。是站在"她"的立场发声。

评论家陈晓明曾经在《女性白日梦与历史寓言——虹影的小说叙事》一文中剖析虹影的小说《康乃馨俱乐部：女子有行三部曲》，称之为"文化幻想小说"。所谓文化是指被漠视的文化冲突、文明冲突等问题，比如关于性与欲、财与权、肤色与信仰这些我们必须面临的现实处境中的危机与矛盾冲突，虹影通过带着芒刺和尖锐棱角的叙事话语，大胆质疑勇敢挑衅。而幻想，则是《康乃馨俱乐部：女子有行三部曲》的三个独立篇章，由一个中国女子贯串起来，在未来时间里，在三个世界著名城市—上海、纽约、布拉格的奇特经历。事实上，《康乃馨俱乐部：女子有行三部曲》从体裁来看，也可以视为科幻文化小说，或者称之未来小说。关于《康乃馨俱乐部：女子有行三部曲》中这位中国女子的名字“蠕蝀”，虹影在自序中诠释，典出《诗经·国风》“蠕蝀篇”。从诗中得解，包含这样复杂的意义：女人是水，水气升发得虹，女人成精；女人是祸，色彩艳丽更是祸。于是“不敢指”，可能有些人“莫敢视”也。这个时期的女主角，是为爱而生，也为爱敢恨的，富有破坏力、反叛力和抗争性。这也是虹影当时写作的内心经验、情感经验。而当第76届威尼斯国际电影节上，娄烨的新片《兰心大剧院》入选主竞赛单元时，作为该电影原著小说《上海之死》作者的虹影，接受采访解读自己创作的女性人物时，她说：“我认为原谅、宽容以及自我审判才是文学更强大的力量，这种力量是女儿唤醒了我，只不过转换了一种方式去书写，我依然是一个女战士，在文本中书写女性的反叛。”[①]

《上海之死》是虹影一系列历史虚构小说之一。虹影已经陆续创作了不少历史虚构小说，如《K：中国情人》、《阿难：

---

① 《虹影：不再饥饿的女儿》，《三联生活周刊》2019年，第41期。

走出印度》、上海三部曲（《上海王》《上海之死》《上海花开落》），都是借历史的碎片，抒写奇女子的命运故事及情感关系，其中包含着虹影强烈的女性观和生命观。虹影是一个很会讲故事的作家，但她如果停留在讲故事的层面，她会容易被指认为通俗作家。虹影说过："关于小说创作，我以为只有一条规则，'好故事，说得妙'。"[①]这个"妙"，包含了创作的各种玄机。一部作品，故事不是作为经验的表达，它还包括了精神的探索，生命意义的呼喊。它包括并呈现了人性的复杂、心灵的复杂，还有灵与肉的冲突、搏斗、交融。所以，真正的小说创作，我们称之为叙事艺术，因为它通过叙事话语所体现的故事，其境界是一般讲故事所不可比拟的。这就是小说的人文价值、审美价值。也是创作的玄机所在。

关于女性的话题，《好儿女花》可以说是一条分界线。在此之前，尤其是《康乃馨俱乐部：女子有行三部曲》（《康乃馨俱乐部》《逃出纽约》《千年之末布拉格》），在二十世纪九十年代后期，世界女性主义理论登陆中国，各种相关概念、术语为理论界所热烈讨论、广泛使用，虹影的作品被视为最激进、张狂的女权主义文本。她笔下的女性，抗争的方式往往是对抗的、造反的、运动式的，有破坏力的。"女权主义"这个标签，贴在虹影的作品上久矣。不仅是《康乃馨俱乐部：女子有行三部曲》，还有上海三部曲—《上海王》《上海之死》

① 虹影公众号，虹影：《我为爱写作》2020年2月14日。

《上海花开落》，虹影以她的方式演绎并塑造了筱月桂——一个小女孩变成一个黑帮女王的过程，也虚构创造一个女明星同时也是情报人员，如何面对爱恨生死的人生大问题……我认为，中国当代女作家中，没有谁比虹影更熟悉世界女权主义的理论及发生的现实演变，她也曾经很认可这样的标签。

《好儿女花》，是我初读时很震惊的小说。小说中涉及的暗黑而沉重的家族历史、怪诞而挑战人伦禁忌的婚姻生活，极端的、超常规的，都是我的想象力所不逮的世界。我与虹影，是在不同文化传统和家庭环境中长大的两类人。我自以为很了解现实生活中的虹影，但我还是无法判断小说里有多少成分是来自真实的原型真实的生活，有多少是虚构。而且面对这部作品，阅读也是需要勇气的。这部小说的动因，来自母亲的去世和破碎了的婚姻。同时，这部小说的扉页，写明“给我的女儿SYBIL”。虹影站在人生的重要转折点，一道门关上了，另一道门已打开。她追述、追寻半生的母亲走了，她自己成为母亲，女儿SYBIL诞生了。命运的改变，人生轨道的改弦易辙，同时成为虹影重建自我、确认自我的新起点。在《好儿女花》里的《写在前面》，虹影写了一段话：“我没有想到，也未敢想，有一天我会再写一本关于母亲和自己的书，但我知道，只有写完这书，才不再迷失自己，并找到答案，即使部分答案也好。”

那么，《好儿女花》之后，虹影还是女权主义者吗？

2016年9月在广州的1200书店，虹影与评论家谢有顺、龙扬志和我的一场对话讨论中，“女权主义”是其中一个重要的话题。虹影认为她已经不是一个女权主义者了。谢有顺当时说了这么一段话：“我认为最伟大的女性主义者绝不仅仅是反叛男性，或者对男性勇敢地抗议，我觉得这还不是伟大的女性主义者。最伟大的女性主义者肯定是包含了对男性的爱，其实最终还是希望改变两性对立的关系，而不是说要把男性从女性的世界摘除出去。恨不能改变一个人，也许爱才能改变。”[①]以此为标准，可以确定，虹影迄今依然是一个女性主义者，而且是当代中国女性作家中最彻底的女性主义者。“女权主义”与“女性主义”均是英文Feminism的不同译法，但我认为“女性主义”更为确切。“女权主义”让我们联想到的是“妇女的权利”（Women’s rights），联想到西方曾经轰轰烈烈的女权运动。以此区分，《好儿女花》之前，虹影是女权主义者，《好儿女花》之后，甚至可以说，自始至今，虹影就是一个彻底的女性主义者。这个定义，来自她全部作品最热切的关注，最热情的抒写，是关于女性生命成长的各种可能，关于女人的苦难、忍辱负重、反抗与努力，关于女人的蜕变与重生，关于女人与男人的爱恨、宽容与和解。而她的性别视角、女性主义观念，在创作过程中，是不断演变的。

我重读《好儿女花》，再次走进这部争议不休的小说里。

---

① 花城出版社公众号，《虹影〈康乃馨俱乐部〉与中国女性书写蜕变》，2016年9月14日。

外婆与母亲之间的恩怨，成为理解这部小说叙述转向的切入点。从起源处重新审视自己的人生，以母亲为镜，看见自己尚未充分呈现的另一部分人格，给自己整合、重塑、新生的机会，我以为，这是《好儿女花》的书写意义之所在。“外婆的心眼儿诚，她种小桃红，朝夕祝福。母女之间长年存有的芥蒂之坝冲垮，母亲的心彻底向外婆投降。母亲泪水流个不断，悔呀恨呀，可是也没用，外婆不能死里复生……”[①]这是一部多线叙事的作品。除了母亲去世这条引线，还有婚姻崩溃这条线，还有“我”与兄弟姐妹之间的亲情关系这条线……每条线既清晰又相交叉纠缠，是一团越扯越紧的人间乱麻。更重要的是，在这貌似纪实、裸露、传记体的显性叙述中，却有一种小说氛围被精心营造出来，把读者引进内在隐秘、紧张、险象环生的中心。越过了相互关联的人与事，穿过整个关系蛛网，我看见虹影在描叙“小姐姐”的小唐，又换一套笔墨在讲述“我”的丈夫。然后“小唐”与“丈夫”合二为一，那些伤害、屈辱、压抑、恐惧、危机感……与对母亲的追述交织在一起，五味杂陈，伤痕累累。“我”和母亲作为典型的女性边缘人物，一生贯串着被嫌弃、被嘲笑、被误读、被羞辱的命运，但也以不同的方式相似的勇敢顽强，忍受着来自世界的恶意，经历跨越创伤、自我疗愈、忏悔、和解、包容并重建的艰难过程。

而对于这部小说中“我”与小唐、小姐姐的三人行关系，

---

① 《好儿女花》江苏人民出版社：2009年9月版，第25页。

我曾经目瞪口呆，找不到如何评述的词。但这次重读，我清楚地看见虹影笔下一个PUA（Pick-up Artust)高手形象。“丈夫”形象可作如是观。我不知道虹影在写《好儿女花》时是否意识到这一点，但至少，她大概知道心理学中的“煤气灯效应”，即认知否定，一种通过“扭曲”受害者眼中的真实，而进行的心理操控和精神洗脑。在创作《好儿女花》时的虹影，以强烈的女性身体意识和直觉在书写创伤，小说中大量的短句子，那种紧迫节奏，像是沉重的喘气，给人一种窒息感。压抑的痛苦、深藏的悲伤和耻辱感，构成文本的隐性层面。其基底，有心碎、怨怒、依恋与矛盾的爱。虹影带着武器和盔甲。也就是说，她一手握矛，一手持盾，她的攻击与防护都是有爆发力的。《好儿女花》的开头写着：“温柔而暴烈，是女子远行之必要。”这可作为解读这部小说所有扭结不清的情感及复杂人性表现的钥匙。母亲葬礼结束不久，女儿诞生了，新的生命开启了新的未来，意味着各种可能。外婆—母亲—我—女儿，虹影循序抒写了女人的命运、身份蜕变与重生。它既意味着生命的轮回，同时构成一个极有张力的生命之环。无私的母爱，是其中触及灵魂的救赎力量。

而关于母亲的叙事，从《饥饿的女儿》开始，就执拗地贯串在虹影大多数的小说中，这是她难以释怀的心结。这部为虹影带来极大创作声誉的自传体小说，同时也是饱受争议和误读的作品。因为身世之谜及身份危机所带来的困扰，虹影闯进兵荒马乱之年母亲的爱情与婚姻历史之中。“我是谁？”“生命从何而来？”“什么是爱？”“母爱是什么？”这些看似终极追问的困惑，在敞开裸露的家族历史追寻中，一步步逼近真相，难以直面。这让一个18岁少女的情感变得复杂、矛盾而纠结，几近崩溃。而它所引发的争议，恰恰是这种言说的方式触及当时作为叙事禁区的身体伦理与情感越轨。今天重新读《饥饿的女儿》，会发现，这种看起来极其胆大妄为的叙述，其实是老实坦白的手法。迫不及待地直白倾诉，甚至滔滔不绝，让虹影顾不上修饰、隐匿、曲笔、善巧。正如汉学家葛浩文的评价：“许多此类书，我看有个共同点，就是想要宽恕自身劣行，或呼喊受冤，或自我标榜，或有意卖弄……《饥饿的女儿》贯串的特点是坦率诚挚，不隐不瞒，它就是为什么连续三天时间我一直在读这本相当长的书稿。”[①]

写女性的命运道路，写两性关系，脱离不了性爱描写。而性描写，也是虹影小说被议论纷纷的一个方面。但不得不承认，虹影是描写情色的高手。性爱几乎是她小说的贯串性旋律，1999年写成的长篇小说《K：英国情人》，是其性爱主题的登峰造极。也因其惊世骇俗、颠覆传统引发更激烈的争论，甚至惹来官司。这部小说的内容，通过东方知识女性林与西方登徒子、青年教授朱利安的性爱传奇，将女性的主动性、自主性、自由精神写得淋漓尽致，无法无天。这显然是对男性中心主义的挑战。中国没有哪一个女作家敢如此写，也没有哪一个

① 葛浩文《〈饥饿的女儿〉——一个使人难以安枕的故事》，《饥饿的女儿》，知识出版社：2003年，第234页。

男作家会这样写。而最新完成的《月光武士》，荷尔蒙气息和肾上腺素同样弥漫纸页之间，写得血脉偾张。细节，非常考验创作功力，它是小说坚实而永恒的支点。正是通过细腻而奇妙的性爱细节，画面感极强、激情洋溢、狂野浪漫，使虹影小说中的性爱描写场面，被关注，也被读者津津乐道、褒贬不一。虹影写性，不是欲望化叙事，也不在于猎艳、宣泄。“性”是其风月宝鉴，以此照见人性与人心，照见性别文化的历史与演变。也是从写“性”的态度上，虹影小说显示出极大的文化张力：性别文化、中西文化、传统与现代的文化碰撞……

好小说除了好故事，还应该在其话语方式中包括作家对世界、对生命、对生存的看法和态度，以及价值取向。创作技巧是融入作家的洞察力、评判力和思想观念的。

很难说虹影的话语方式是传统写实还是后现代颠覆，是女性主义还是新历史主义，是海外流散文学还是乡土文学。似乎都包含了，界限不清。更准确地说，她的创作，从形式到内容，往往是跨界的。

创作达到成熟的阶段，跨界是自然而然的，体裁只是借来表述的工具。就好比武林高手，不按套路不拘拳法，该出手时就出手。萨尔曼·拉什迪给儿子写过《哈龙和故事海》，智利女作家、《幽灵之家》的作者伊莎贝尔·阿连德给自己的孩子写过少年探险奇幻三部曲《怪兽之城》《金龙王国》《矮人森林》，英国大作家吉普林写过《丛林里故事》。而成为母亲的虹影，是否也会为她的孩子写书呢？

虹影果然写了《神奇少女米米朵拉系列》《神奇少年桑桑系列》九本小说。《米米朵拉》讲述了10岁主人公米米朵拉怎样在“丢失母亲”之后走遍世界的寻母冒险记，是一次对童话、神话、奇幻、民间故事等多体裁的混搭，讲未来世界人类会面对的种种困惑和危险。这是她对女儿爱的启迪与教育，她自己也在成长。成长是生命不断变化，从一种境遇走向另一种境遇的过程。小说所要表达的，正是这种变化着的生命哲学。她从对女性欲望叙事、两性关系探寻，到对母爱、友谊、亲情等普遍人性光辉的呈现，把自己生命中寻找到的重要意义表达出来。而这个核心，是关于女性身份与生命道路，关于女性命运的各种可能性，关于女性心灵的深刻体验。在这个意义上，虹影是真正的、彻底的女性主义者。

《好儿女花》之后，虹影关于性别关系及女性的生命观，有明显的转变。如果之前的女性形象面对男权中心世界的方式是呈现创伤、控诉呐喊、对峙复仇的，在《罗马》《月光武士》中，她赋予女性人物更鲜明的现代性，独立、自主、圆融洒脱。比如《罗马》里的燕燕和露露，以及《月光武士》里的苏滟，还有秦佳惠最后的人生抉择……她更多强调女性的自我意识，自我觉醒，女性必须成为一个吹笛者，才能得到拯救。

转变的力量来自虹影心灵上生长起来的爱。小说虽是虚构，但它的情感、表现出来的生命情状都是真实的，活生生的。所以说，小说也可以视为作家的个人史、心灵史。虹影的小说人物，总在反复提出这样的问题并试图去解答：什么是爱？什么是生命？你是谁？我是谁？什么是现实？什么是幻象？

神秘的幻象也是虹影小说中无法忽略的写作元素。她以此呈现另一类生命景象，另一种声音的存在。她看见不同的能量。《月光武士》中总在江边赤裸出没、不断被性诱怀孕的黑姑，她面貌丑陋、疯癫狂野，却也叛逆强悍、肆无忌惮。这个角色，在《饥饿的女儿》中曾以花痴的面目出现。无论是黑姑还是花痴，这个形象都给作品带来怪异的气氛，有一种冲击力。我设想，这个疯疯癫癫的女人是虹影的童年记忆之一，她的叛逆强悍是虹影在屈辱无助的年代内心渴望拥有的力量。如今她既是窦小明的性启蒙角色（有点类似《红楼梦》里贾宝玉梦遇秦可卿），也充当了秦佳惠形象的反衬，以一种非常态的出场，释放出被压抑的最原始的生命能量，挑衅强权的男性世界。这是虹影一以贯之的女性主义立场。

而出现在《月光武士》中的另一个神秘人物是黑衣黑帽的宾爷。来无影去无踪，神出鬼没，似在非在，似人非人，却牵着会算命的神鹅，“会算命，代写信”。他出没于窦小明走投无路之时，犹如路标或先知。宾爷与其说是一个人物，不如说是一个作者设置的隐喻性符号。宾爷让人想起写于1996年的《饥饿的女儿》中那个在“我”走过的路上若隐若现、一闪而过的神秘男子。究竟意味着什么？这是一个困扰“我”的问题，也意味着前方有未知的各种可能，让“我”好奇，也让读者好奇。他仿佛是灵魂的秘密，而“我”的身世之谜已揭开，这个秘密却没有答案。20多年后，《月光武士》里的宾爷与之呼应，宾爷特立独行，走过混乱嘈杂的俗世，走过方向不明的暗夜，他是魂，是秘响，是叫醒的力量，他照见尚不为人知的精神内面。

这就是虹影的无界书写，也是她创作的N面。也借用《诗经》的诗句“女子善怀，亦各有行”，典出《诗经·鄘风》“载驱”篇。这里的“女子”是诗中咏叹的远嫁许国的卫国女子许穆夫人。所谓“女子善怀，亦各有行”，指的是许穆夫人要回卫国吊唁卫侯失国，却遭许穆公等人阻拦，夫人被迫折回，路上抒发自己的不满情绪。身为女子，虽多愁善感，但亦有她的做人准则……这大概是中国最早的女权思想表达了，许穆夫人道出了多少善怀女子的共同心声。虹影的叙事风格，已经发生很大的变化，在《月光武士》中，我读到平静淡定与开阔，她的写作进入一种新的境界。而且她的跨界写作已经很自如，不仅是历史与虚构融为一体，私人话语与公共表达也熔为一炉。诗意和散文化，也作为动人的抒情碎片镶嵌其中。而最根本的内核，悲伤之中对生命微光与暖意的珍惜，绝望中的信心与心怀希望，越来越彰显。

归去来兮，永远的长江水。从18岁知道“私生女”身世出走山城，到走遍世界之后，认定自己的灵感源泉依然在长江两岸。重庆，成为虹影写作的原点，流动的长江上游至中下游

（武汉、上海），成为她最根本的文学地理。每个人心中，都有回不去的欢愉或伤痛的过去，生命一直在流动中变化。说吧，记忆。重新发现，重新看待，重新获得新的视角与领悟，这是精神与心灵的转世重生。这个过程充满内在的艰难，却意味着脱胎换骨，意味着无限想象的各种可能。

2021年5月26日

自 序

红萝卜咪咪甜，看到看到要过年，娃儿要吃肉，爸爸说，没得钱，妈妈说，灶房有个火钳。

月亮走，我也走，我给月亮打烧酒，烧酒辣，买黄蜡，黄蜡苦，买豆腐，豆腐薄，买菱角，菱角尖，尖上天，天又高，好耍刀，刀又快，好切菜，菜又轻，好点灯，灯又亮，好算账，一算算到大天亮，桌子底下有个大和尚。

不知是从哪儿学会的这些童谣，它们就像一丝丝亮光，照着那些没温饱和快乐的童年与少女时期。

收入这本书的这些文章，几乎都是记录那时期的片片断断。

有一次我唱着“月亮走，我也走”这歌谣，母亲正巧听见，她朝我投来关注的一瞥。到晚上，母亲破天荒地给我讲故事：有一个生在穷人家的小女孩，是个孤儿，她靠给财主家摘豌豆得到一口饭吃。后来有个神仙可怜她，让她走进豌豆地中，许一个愿，说可帮她实现。

小女孩跪了下来，朝天闭上眼睛，许愿要有一个家。

当小女孩站起身、睁开双眼来，发现自己置身于一个有着饭菜香的家里，爸爸妈妈哥哥姐姐都坐在桌边。她哭了。

我也哭了，对母亲说，妈妈，我要当那个小女孩。母亲说，你就是我的小小姑娘。

那夜，我睡得特别踏实。

也由此，这本书取名“小小姑娘”，纪念我和母亲一起度过的那些时光。

上法院

打我睁开眼，看见这个世界，就强烈地感到母亲离我远远的。她好像是别人家的母亲。

母亲离我远，就算是她抱着我，我们中间也隔着好些东西，她的心不在我身上。我弄不懂她的心在哪里。

大姐比母亲离我近，后来我长大一些才发现，大姐喜欢我，是因为她喜欢与母亲对抗，母亲不喜欢的事，她要做，母亲喜欢的事，她不做。比如母亲并不爱和我说话，大姐就要和我说话。

在我十八岁生日那天，大姐说，我曾像一个破皮球，被母亲和父亲及生父在区法院里踢来踢去。

“我多大？”

“你一岁不到。”大姐看看我。我看着她，神情非常专注。

大姐说，那审判庭旁听席上黑压压地坐满了看热闹的人，大都是街坊邻居和一些熟人、朋友，母亲的态度很坚决，非跟父亲离婚不可！父亲一口咬定："不离！"

法官花白头发，戴个宽边眼镜，脸上毫无表情。当然，见多了离婚的男女，每天都有这样那样的人分手。他只是在父母吵得不可开交时才慢吞吞说：

"慢慢讲嘛，慢慢讲嘛！"

没隔多久，形势转变，母亲不要离婚，父亲要离，说可让母亲跟我生父走。

坊间一直都流传着一句话：要离婚，切莫上法院，私了，丑事掩得好藏得了。相反，所有的隐私和秘密公之于众，会搞得身败名裂，遗臭万年。

母亲和父亲的婚没有离成。可这场离婚使两人一下子丢尽了脸，付出了代价。

大姐说："上法院，很可怕。可是你长大以后，若再上法院，就不必害怕。"

我问："为什么？"

"因为人的第一次都会如此反应，害怕，惊喜，担心。第二次时，就不会如第一次那样。"

我说："我不希望有第二次。"

"反正你有防疫能力了。你看看我就是如此，我离过一次婚，再离几次，也就寻常了。"

大姐说得轻松，给我的感觉却并不是如此。

那始终是个谜

重庆长江南岸野猫溪一带，只有一个邮递员，他四十来岁，脸上有水痘后留下的疤印，永远是绿衣服、绿帆布包和一双军用球鞋。这人其貌不扬，可很能笑，笑声能感染九三巷整条街。邮递员来到我家所在的六号院子时，父亲会和他说上几句，都是和当天天气好坏有关。

整个院子订了一份《重庆日报》，订报人是我的父亲。从邮递员手中接过报纸，父亲蹲在地上，看了起来。

母亲走到父亲面前，低下身。报纸顶头上印着一段伟大领袖的语录，天天一样。母亲从不看。那么她在看什么呢？原来她发现父亲握报纸的右手还夹着一封信。她取过来，见写着她的名字，便撕开信封，读了起来。

在巫山插队落户的大姐的信很短，说她将回重庆一段日子。

母亲眉头一挑，告诉父亲，大姐要回来。

父亲说巫山不好，回来虽然照旧是个穷，可是穷也比那夹皮沟强，一家人在一起。

母亲显得很烦躁，说家里马上要多添一张嘴，怎么办？

母亲尚不知大姐这次回来还多带了一张嘴，大姐已怀孕八个月，准备生小孩。大姐关于自己已结婚及快生孩子之事，在信里一字未提。

母亲在外做工，挣钱养活全家，只有周末才回家。一个星期我才能见母亲一次。她在我的记忆中似乎从没有真正地快乐过，所有关于她的记忆，哪怕瞬间形象，都不曾有过开怀大笑，或是默默的一笑。

我记不得母亲脸上幸福的模样、很安心地注视着什么，她总在担心焦虑，眼睛也很紧张。但我从未见母亲哭，当着我们。父亲说："你妈妈是一个打不垮的人。"

几个哥哥姐姐也不爱哭，他们也不爱笑。父亲呢，更不爱笑，像是一块融不化的冰。母亲很少与父亲吵架。可我能感觉到母亲胸中窝着火苗，火苗见我，会越升越高，随时都可烧毁我，这让我感到害怕。

假若父亲和母亲打架呢？

我不愿意母亲赢。这么一想就让我觉得痛快。可见我对母亲的失望到了何种程度。这种失望，其实是一种对母亲的倚重。母亲她到底中了什么邪，拒绝我整颗爱她的心，让我离她永远有距离，无法靠近她。看到别的母女那样亲热和欢悦，我很想母亲能亲我一下或紧紧地拥抱我。可是母亲连看都不肯多看我一眼。

这始终是个谜。

父亲，把我放在一边。我在他的视线里，又不在他的视线里。我从不敢反对他、不听他的话，他的话对我就是圣旨。父亲几乎从不称赞我，他也从不对我多说一句话。我很小就清楚，父亲对我不亲热，说不出为什么。

这始终也是个谜。

小小的我，想解开这两个谜，怎么可能做到？

直到我十八岁生日，母亲带我去见生父，一个陌生的男人，我才猛然明白原来天天见着的父亲并不是亲生的。母亲与那个年轻她十岁的男人相爱后生下了我，我是一个私生子。

改名换姓

街坊邻居，不管大人还是孩子，总是欺侮我，叫我“扁担脚”，呵斥我站直身体，把双腿往后弯，弯成一根有弧形的扁担，罚我站在大太阳下，腿难受极了。姐姐哥哥经过，不当一回事，像没看见一样。

我眼里含着泪水，心里叫妈妈来救我，妈妈不在家。我叫爸爸，爸爸也听不到。我叫老天，老天不应。

这个世界上像从没有我这个人一样。

没法形容我小时的模样，搜遍所有的箱子和本子，只有一两张那时的照片：一双眼睛惊恐地盯着前方，眉头有点皱，嘴唇紧闭，头发稀拉，有点像现在女孩子为时髦把头发染成的黄色。我个子小，上学后一直坐在一二排，手指、手腕和胳膊几乎不能再瘦。胸前有锁骨，脖子格外细长。脖子上有颗黑痣，大家都说它是吊死鬼痣。

四姐有一次这样叫我。母亲听见了，连看也未看一眼我。

还有一次，三哥也这样咒我："吊死鬼，你让我们全家倒霉运。"看着他那副讨厌我的样子，我眼泪马上就含在眼眶里。

我急了，叫妈妈："我的痣真是吊死痣吗？我们家倒霉，真是因为我？"

母亲没有安慰我，反而说："就算当你吊死鬼，你也是幸运的。你还活着，在这个家，就不错了。装什么可怜巴巴，活该！"

母亲的这席话，足足让我难过了一个星期。

母亲的眼睛大，瞳仁黑亮，睫毛长又密，眼白略显淡蓝，在不同的光线下变化。眼睛转动，抵抗着四周沉重的黑色，带着无尽的悲哀。说我有母亲一样的眼睛，不如说，我恰好继承了母亲内心深处那种不顺从和倔强。

十八岁那年我离家出走，全国到处游荡。有一回我在一个城市的马路边走着路，遇到一个瘦瘦高高的人，他急切地穿过马路，抓住我的手。他说他是我的初中同学，与我同一个班读了两学期，和我共用一张课桌。

我看着他，不说话。

"当时你经常穿一件花衣裳，嘿，你不爱说话，可爱跟我说话。"

我轻轻地说：“有这事吗？”

“你不记得了。”他失望地低下头。

他跨过马路，还回了一下头。那张脸，有点熟悉，可是无法百分之百确定，他就是从前的同学。对他，我真是一点印象也没有。

人的相貌会随着长大发生变化，有的人变化大，有的人变化小。我的门牙在一次意外事故中磕掉一半，被医生修补后变得椭圆；嘴唇原有点朝上翘，现在嘴唇闭上后没有那弯角，眼睛和鼻子都比以前显得大了些。居然还有人能认出我，真是令我格外惊奇。我在家里被家人忽视，我不需要那个家的姓，也不需要父母给的名，我改了一个新名字，就是为了与过去彻底决裂。

这种面目全非，那个人能认出并明白吗？

我怀疑。对一个模样还说得过去的小女子感兴趣，想认识的话，打招呼最好的方式之一便是：嘿嘿，知道吗？我们曾是同学。

一只瓷猫

记得小时候，北京时间晚上八点之前，我们六号院子的男女老少就会搬自家的矮木凳，坐在近五十多平方米的堂屋里，听一个半导体收音机。中央广播电台的《各地人民广播电台联播》节目八时播出，凡伟大领袖的“最新最高指示”，我们都从这儿听到。

六号院子在重庆南岸野猫溪与弹子石之间的半山腰上，算得上是整片贫民区最像模像样的房子，这个1949年前有钱人家的大宅子，屋顶和柱子雕有花，显得古色古香。院子里住了十三户。宽大的堂屋靠里隔出一个杂物间，堆了些乱七八糟的东西。后来隔间被拆，墙上露出毛主席的大头像，画像顶上红纸黄字写着“我们最最敬爱的伟大导师、伟大领袖、伟大统帅、伟大舵手毛主席万寿无疆！”画像左边写着“革命委员会好”，右边写着“四川很有希望”。画像底端有两个小红“忠”字，夹着一个大红“忠”字。

每次听完伟大领袖的最新指示，人们便取了锣鼓，甚至锅盆，走出院子，在一条条巷子里游行欢呼庆祝。

这种游行，母亲一概不许我们参加。别人家里贴满了毛主席和林彪副主席的画像、挂各种像章，我们家墙上只有一张各族人民庆丰收的年画。

上下午都有人在堂屋跳忠字舞，“……我们心中的红太阳。我们有多少贴心的话儿要对您讲，我们有多少热情的歌儿要对您唱，千万颗红心在激烈地跳动，千万张笑脸迎着红太阳。我们衷心祝福您老人家万寿无疆……”

没隔几天，跳忠字舞的人越来越多，从堂屋延伸到天井，全是热情澎湃的人。后来院子外空地上也都是人，他们高唱着“万寿无疆，万寿无疆”，捧着语录书，挥着手臂，扭动身体跳舞。

我家对门邻居陈婆婆一口假牙，拄着拐杖站在那儿，嘴里轻轻唱着什么，像好些老鼠在一个宽阔的洞穴里转悠。我问母亲，母亲说那是山歌，好听。

我很为母亲担心，觉得她这么讲，早晚会被人抓走。

很快，就开始辩论。街上出现大字报和穿军装扎皮带戴红袖章的红卫兵。

那些被红卫兵抓走的人，叫牛鬼蛇神。他们头上扣着尖尖帽，被红卫兵押着，经过我们街。他们大都是中学教师。游街后，他们被带到38中操场中心台子上。我跟着队伍到那儿，挤进人堆里，踮起脚尖往台上看，红卫兵揪住那些“尖尖帽”的脖子，高呼口号“无产阶级专政万岁！”

不断有木块和砖头架到那些“尖尖帽”的背上。

有个“尖尖帽”受不了，倒在地上。台上台下都没有人救他，直到那个人身体僵直，死在台上，会才散掉。

第二天中午，我刚放下饭碗，就听到外面有人惊慌地大叫：“38中起火了，起火了！”

院子里大人闻声就往外跑，我跑得比他们还快。38中上空冒起浓烟。我爬上大坡石阶，走捷路穿过一条巷子，来到中学的操场上。靠大门一幢两层楼的教学楼左端，火焰燃烧得像龙起舞，势不可挡。教学楼下是一座花园，入春开迎春花、桃李花，夏天开玫瑰，冬天是蜡梅，那时玫瑰开得正艳，掺入了这火花。

学校早因闹革命罢课了，只住了关押的“尖尖帽”和留守的红卫兵。学校周围的居民用盆子木桶往火上泼水，但火势没有减弱。消防队赶来，截断了火源，才保住了大楼右端，左边楼烧得只剩下楼上楼下四间房。

这场大火一直烧了两个小时，火因不明，学校里保存的档案全化成灰烬；花园被烧毁了，到处是焦黑的柱梁、黑乎乎的桌椅柜子。

我在发烫的废砖烂瓦中小心地走着。不少居民在低头翻拣有用的东西：一只杯子、一个墨水瓶、烧了一半或完全成木炭的木头。我拾到一只小瓷猫，尾巴断掉，不过不仔细看，看不出来，仍是可爱。用袖口擦净后，我把猫捏在手心里回家。进门时担心被大人看见，赶紧藏在裤袋里，却划破了手指。

母亲发现了，用云南白药洒在我的手指上。

对门邻居陈婆婆说："那个'尖尖帽'死得惨，老天在报复呐！"

那天天黑得早，整个南岸停了电，一片漆黑。六号院子（公用）厨房灶前点着小煤油灯。冷风一吹过，人影投在墙上像庞然怪物。我不害怕，因为那是母亲，她在做饭。

我的五哥和四姐瞄准了时间回家吃饭。

房里煤油灯的火苗光映着我们的脸。瓷猫从我口袋里掉到地上，四姐比我先捡到，告诉父亲："她偷东西！"

父亲脸沉了下来，五哥见势一把夺走我的饭碗。我对父亲说，猫不是偷的，是在38中火堆里拾的。

四姐冷笑，骂我编瞎话。

父亲说："不管是哪里的，只要不是你的，就不该要。"

我不说话。母亲侧过脸来看我。我拿着瓷猫走到院外垃圾坑前，站在那儿，舍不得扔。回头看院内，隔了好一阵子，才松开手。

我回到家时，他们已把碗筷收了。我只有倒水洗脸。

母亲一边做事一边念叨："真是不争气，我怎么会养你这种专让我操透心的女儿！"

把洗过脸的水倒进木盆，我慢慢洗脚，心里充满委屈。真弄不懂自己怎么会成了母亲的眼中钉、肉中刺？我多么希望她能爱我一些，至少稍稍关心我一点呀！我这么一想，眼泪就哗啦哗啦流了下来。

上阁楼睡觉时，我注意到四姐手里有个瓷猫。看到我看见，她有点不好意思说："肚子饿不饿？"我肚子饿得咕咕直叫，但我不想说饿。

煤油灯稀弱的光亮，仿佛在一点点升高，映在墙上，我的身影也映在墙上，显得四周鬼气森森。我起身吹熄了它。月亮透过亮瓦漏下些许光来，屋子里反倒添了不少温暖。

十年后阁楼没了，整个老院子都化为尘土，那块地上建了新房子。若不是手指上至今还有淡淡的伤痕，很难相信那只猫曾经存在过。

大姐从农村回来

搬运工人扛着装玉米、黄豆、豌豆的麻袋，从江边货船上走下来，把它们重重地摔在缆车上。缆车装满了，开到山坡上，有些豆子从麻袋的线缝中掉出来，落在铁轨边或两旁的石块中，有时会沿途撒一地。那些早已守候在铁轨两边的小孩们会蜂拥而上，抢豆子。

我和五哥拿着竹箕，蹲在靠近粮食仓库门的缆车边，不敢与那些孩子争抢。等他们抢过之后，跑到别处，我们才眼如针尖似的搜寻他们遗漏掉的豆子，心里充满担心，开缆车的工人随时会来把我们赶走，更担心缆车突然开动。

忽然我抬头，一个挺着大肚子的孕妇靠在桥旁的瓦石阶上休息，边上搁着背篓。仔细一看，那孕妇是我在乡下插队的大姐。

五哥也看到了，朝她跑去。

大姐喘着气，用一条手绢擦脸上的汗。五哥走到她跟前将背篓背在背上，两人抄小路朝山腰上走去。我跟在他们身后。大姐大着肚子，头发变少了，扎着两根短辫子，没留刘海，脸晒得黑黑的。

那天是周六，晚上母亲回家。两人关起门来，很神秘。我悄悄贴在门上偷听。大姐竟然在和母亲吵架，骂母亲过分关心她："大表哥不是你叫他来找我的吗？"

"我是叫你表哥到你下乡的地方去看你。你要跟他结婚，该跟我们当父母的说。你们是表亲啊，不能结婚，结婚生孩子更不行。"

"哼，我自己的事自己做主。"大姐明显理不直了，声调减弱。

她在巫山县当知青，当在部队当连长的大表哥来看她，并表示对她的感情时，她答应嫁给他，草草去领了证，到巫山县城旅馆里结了婚，并一直不让大表哥写信告诉两边的家人。

我听得专注，不知身后站了好些爱热闹看是非的邻居。

"走开，走开！"三哥像个凶神一样赶人。他们离开了，不过仍是竖着耳朵专心地听。

三哥把我也赶走。可是难不倒我，我跑到阁楼上，贴在薄木地板上听楼下动静。

母亲说："你得听我这一次。你得想想在农村当知青是什么情形，怎么会考虑怀孩子？"

大姐说："我偏要怀孩子，神仙也管不着。"

母亲不说话了。

大姐口沫飞溅地撒泼说，这是她的权利和自由！突然她哭了起来，说不想要孩子，才不要孩子，可是孩子自己跑到肚子里，之前她一心不要在这个家里，就是因为母亲不爱她，所以她才自个儿跑去派出所取消户口去巫山农村当知青，可是母亲并不使劲阻挡，这么多年来不管她死活，现在才来冒充慈母。她说她恨这个家，恨母亲。

母亲心早软了："有话好好说，哭啥子，把胎儿哭坏了，倒霉的是你自己！"

"假关心算啥子人啰。"大姐哭得更厉害了，"反正我们这种人也不算人，娃儿生下来也是个穷命、苦命。"大姐怪母亲，不该把她从母亲的前夫，也就是大姐的生父袍哥头子的家里抱走，让她的命从此糟糕。

母亲说："大丫头，不抱走你，你的命苦！"

"我情愿，可我也会享几天福。就是你这个坏妈妈害了我一生！"

母亲被大姐的话气得脸发白："你终于说出这句话来，我晓得就是为这个，你恨我。难道你报复我还不够吗？"她几乎声泪俱下。

母亲伤心的面容，如烙铁，刻印在我幼小的心上，怎么挥也挥不走。

我心里难过得想哭。怕人看见，就走下楼，到院门外。父亲拿着烟杆一个人蹲在昏黄暗淡的路灯下，背靠电线杆，抽烟。我走到父亲跟前，悄无声息地蹲在他的边上。

二姐从学校回来

二姐从位于四公里的师范学校步行回来时，天色已晚。她在天井里摸黑用凉水洗脸，之后用盆里的水洗凉鞋上的灰土。

她用开水泡冷饭，夹坛子里的泡菜，香香地吃完，又喝了一大杯水，这才算缓过劲来。母亲催她快熄灯去睡觉。

二姐出了楼下房间，经过堂屋，走上阁楼。

我和大姐睡正对着门的床，四姐睡另一张床。大姐躺在床上生闷气，脸拉得很长。

二姐问大姐："怎么啦？"

大姐从鼻子里哼了一声后，便放鞭炮似的说了起来，全是诉说母亲如何不对，如何不管她死活。"我怀肚子里这孩子，其实也是赌气，我就是要让妈妈不高兴，就是要给她出难题。她这个妈，之前也当得太容了易。我叫她一声妈，她就得负这个责。"

"不要说了，你太不理解妈妈了！"

大姐对着二姐吼叫起来："哎哟，妈妈的小棉袄真是懂事，我以为这回不帮妈妈说话，结果还是一样。"

二姐站在屋中央，说不是她帮母亲说话，而是人讲话得讲事实。当时大姐卫校都快毕业了，千不该万不该，不应去看什么破电影《朝阳沟》。看得热血沸腾，背着母亲，拿了家里户口簿，跑去报名到巫山农村当知青，以为那里跟电影里一模一样？母亲知道了，疯了似的追出门，追着大姐跑到街委会。母亲迟了几分钟，大姐报完名已到派出所，下户口办手续。母亲追到那儿，不让大姐下户口。大姐在户籍面前骂母亲思想落后，拖她的后腿，不支持革命。结果母亲被户籍狠批了一顿，要母亲好好学大姐。结果呢，大姐一去巫山，当天晚上就后悔了。一旦后悔，就什么都看不管，在一个穷山沟里受够了罪，她想尽办法跳出来。以为嫁了人，可出巫山农村。可是大姐夫只是一个连长，不够带家属随军。她要么留在原农村，要么可转到大姐夫参军前的农村。"大姐呀，我说你聪明，你比谁都聪明，说你傻呢，你比谁都傻。有了孩子，你还能出那鬼农村，回大城市来吗？"

"出不来就出不来。"大姐大声回答。因为没有盖被子，她的大肚子露出来。嫌不舒服，她把身体换了一个姿势。

"现在你回来生孩子，还要在家里作威作福？"二姐说。

"你话说得太不客气了。实话说吧，别以为我是看了电影《朝阳沟》，才对巫山农村抱幻想的，才不是呢！我不想在这个家，我就是想找一个机会和出路离开这个家。”

“这个家对你有哪点不好？”二姐走到床边坐了下来，异常生气。她比大姐小三岁，却像这个家的大姐似的，帮着父母操持家务，每个月无论多么拮据，想着大姐在农村不容易，还是不忘给大姐汇去五元钱。

母亲在楼下房间听见两个女儿争吵，走到堂屋，对着阁楼大声叫：“不要争了，养儿养女图个啥？大丫头你马上就要当妈了，你会晓得是啥滋味！”

阁楼马上清静了。二姐脱衣躺下。

天窗在风中嘎吱作响。

“天窗啷个没有关严？”大姐抱怨地说，拍了一下床边，明显是想别人去关上。

二姐和四姐躺在对面床上，没动静，也许她们都睡着了。

我从大姐的脚那边爬下床。大姐半睁半闭的眼光，扫在我身上，她看我的样子，很不经意，却有着一种说不出来的怪怪的感觉。

我爬上可移动的木梯。风从天窗朝我衣服里窜，凉飕飕的，我打了个激灵，紧紧抓着天窗框子，外面是漆黑的夜，没有一颗星星，更没有月亮。

大姐在不高兴地说：“哎，六妹，关好窗，赶快下来！”

我正要关上窗，面前突然出现两点发光的东西，吓得我身体一哆嗦，几乎松开手，掉下地板。我站稳了，去查看，原来是一只猫，蹲在屋顶瓦片上一动不动。

我赶快把两扇木窗关上，插上插销。

我不是耗子，不该怕猫怕黑夜。可我承认我怕，尤其怕围绕在家里的那种说不出来的阴影，尤其是从每个人身上传递出来的不喜欢我的感觉。

回到床上，大姐让我不要挨着她。她怕我睡着后，管不住自己的两脚，会蹬着她肚子里的胎儿。床本来就不宽，于是，我只好盖好被子，侧着身子，靠在冰凉的土墙上。

我生病了

阁楼的木门被人轻轻推开了，一个头戴钢盔拿着钢钎的人，我仔细一看，他竟然是三哥，对我厉声吼道："野种懒东西，快起来！"

他手里的钢钎上沾着血，那是我的血吗？我爬过盖着一层被子肚子隆起的大姐，战战兢兢地想下床。结果被三哥一脚踢在地板上，我在地板上翻滚，手臂擦破皮，出了血，痛得直想哭，可我吭也未吭一声。

他手中的钢钎，很像楼下屋门后那根。那年他不知从哪里弄了一个红卫兵的袖章戴着，参加全国大串联，去了北京接受伟大领袖接见，后来带回钢钎，说是他的战利品。

父亲在堂屋发出我从未听见过的笑声："哈，哈，哈。"我吓得毛骨悚然。

于是我朝房门口跑，三步并作两步往通向堂屋的长梯奔去。身体腾空而起，想飞下楼梯。我下到堂屋，穿过腐臭难闻的天井，身后传来远不止一个人的脚步声。我朝院子的大门跑去，可是那门有两道左右对插的门闩，紧紧闩着。我够不着门闩，着急得浑身流出大汗。这时，我的头被一只手挤转过来。

“打死她，打死她！”喊声响成一片。

“看你往哪里逃，这么小丁点，就不得了。”三哥把钢钎往我胸口插来，我倒在了地上，死了过去。

母亲在叫我名字，是的，不错，是母亲的声音。我的意识慢慢回到身上。母亲在说：“怎么搞的，睡了一觉，发烧了。”

她的手从我的额头上移开，呼吸急促，嗓音里似有刺卡着，说得很不畅快，还添了焦急：“赶快做得什么东西，给她喂喂，摸上去烫成火球了。”

我很想让她的手就放在那儿，柔软又清凉。“不行，叫你们做，能做好？得了，我自己去做。”

听着她出门下楼的声音，我心中充满了失望和哀伤。“不，妈妈，我不要你走。”我心里如此叫唤，嘴里却只会说出“不，不”这样的字来。声音轻弱，母亲听不到。

父亲刚出院门，就被一群穿着绿衣戴着红袖章的人推倒在地，要他老实交代。父亲问交代什么？

戴红袖章的人说，每个人都有秘密，得一五一十坦白出来。

我跑下楼去，把父亲扶起来。四姐走过来把我扯开，骂我，还脱下臭布鞋朝我砸来。

我醒了，原来是个梦，是个不肯再回想的梦。母亲把一块湿毛巾搭在我额头，轻声轻语地说："你发烧了，好好睡一觉就会好的，放心！"

经过了一天一夜，我还是未退烧。母亲只好叫三哥把我背到区联合诊所打针。为了我，母亲破例未去上班，抓了草药在家里用小火熬。

二姐回师范学校去了，夏天似乎从这天开始，空气里弥漫着草药奇怪的香味。每年夏天开始到涨水季节，白沙沱造船厂都是最忙的时候，母亲是搬运工，周六才回家来，周日晚走山路回造船厂，回来也很少和我说话。母亲有一天时间为了我而忙，着实少见。她不时上楼来照顾我，给我喂绿豆汁和草药汤。

我心里暖和。躺在床上两天，身体好多了，母亲也去上班了。我和四姐一人睡一床。夜里我们不必担心彼此挤在一起撞着了。

下午太阳未偏西，我听见楼下屋子里进出脚步声不断，说是滑竿抬了大姐回来，又听见有人在向父亲祝贺当外公了。

我迅速走到阁楼门外，看到大姐头上包了条毛巾，胸前抱了个小娃娃。她从接生站回来了。她抱着小娃娃上阁楼，经过我身边，看看我，便走进去，把小娃娃放在床上，自个儿也躺下了。

四姐在堂屋对我说："不要再装病了，还不下楼倒垃圾去。"

大姐坐月子

父亲坐在堂屋的木凳子上，查着一本旧旧的《康熙字典》。他要给大姐的孩子取名字。我父亲是个既传统又不传统的男人。为什么呢？传统在于他的外孙，是个女孩，不能按家谱的排行顺序取名字；不传统呢，是因为大姐虽生个女孩，他一样疼爱，甚至比生一个男孩更让他高兴。

父亲翻了半天字典，再三琢磨，才给这新出生的女孩取好名字：玲琍。既像玉碰击出好听的声音，又像琉璃一样的美。女孩跟我表哥姓，也就是和母亲同一个唐姓。

小娃娃的哭声尖而脆，我不喜欢。她像知道我不喜欢，故意使劲哭，哭声切割我的大脑，本来，我在这个家是最不受关心注意的人，有了这个小娃娃后，我就完全不存在了。

因为天气变热，担心小娃娃生痱子，不久她就与大姐分开睡，睡在家里的小竹床上。她一见我就开哭，如同天敌，不听到父亲或是大姐、四姐训斥我，她不会停止。

四姐上阁楼来，对大姐说："妈妈叫你戴上头巾，怎么没戴？"

大姐说母亲管不着她，她才不信坐月子头不能吹风。她指着床前方凳子上的汤，要四姐喝点。

"不喝，我怕得很。"四姐说。

"喝头胎胎盘汤最补人，傻得很！"

大姐说她专门给接生站的医生说了不少好听的话，才把她女儿的胎盘留下的，否则别想搞着这种好东西，哪怕是自己身上长的。

大姐递过来汤碗。

四姐推开说："你在卫校学过，怎么信吃胎盘？"

"正因为我是学医的，我才知道这是最营养的东西，含有巨球蛋白β抑制因子，能抑制各种病毒，还含有酶、氨基酸和碘。六妹，来，尝尝。"

我接过碗来，汤飘着一种香气，还有一股说不出来的腥味，在我的胃里直翻，想呕吐。于是我放下碗。

"你看，这事我都没让妈妈知道，她会反对的，一定会说，人身上的东西怎么可吃？"大姐转向四姐，"你帮我清洗，加酒加姜，悄悄炖，你真是我的好妹妹。"

四姐说："快点喝，不然味大。"

四姐根本不用提醒大姐，胎盘的腥味随着汤变凉增浓。大姐不管，她用手捂住鼻子，一口气将剩下的半碗汤倒进肚子里。我真佩服她。

母亲为了大姐坐月子能吃老母鸡和鸡蛋，晚上加班抬氧气瓶，像一个男人一样卖命地干活。夜里她回到集体宿舍，随便将瓷缸里的冷饭，泡开水和着咸菜吃完，往床上一倒，沉沉地睡去。

为了省事，母亲的头发剪得短短的，本来椭圆的脸变得日渐瘦削。两件蓝色亚麻棉布衣服，洗得发白，轮换着穿。她的身体散发出一种香味，那么劳动，却几乎闻不到汗臭。

我五岁前后记得最牢的就是大姐吃胎盘和母亲好闻的气味。每当大姐的女儿以哭声对我表示不喜欢时，我就到江边，坐在窄窄的石梯上，看江上的船。淡淡的晚雾中，一艘、两艘船驶过，也许下一艘，母亲就在里面。我真想快快地扑进她温暖的怀里，像别人家的孩子那样，得到母亲的抚摸和亲吻。

总有一天，妈妈不会像现在这么冷淡我，远离我。

两束白菊花

大姐夫来了，带着大姐和女儿去忠县农村看自家父亲。

他们走后不久，江上起洪水了，比着劲儿往上涨。

父亲说，打他从家乡浙江来重庆这几十年，都从未见过如此凶猛的洪水。长江和嘉陵江汇合处的呼归石全淹在水里。洪水在一夜之间涨到八号院子下面的粮食仓库门前。江上浮着上游飘来的树木、家具、死人、死猫、死老鼠和衣服，也有半截木屋浮在水面上。

那段时间人心惶惶，大家都跑到八号院子前的岩石上看江，生怕长江继续涨水。

我晚上做梦，梦见人们在奔跑，江水把我卷走，我大叫救命。

没人过来救我。

我沉到江底，变成一条鱼。

有一条龙追我，要吃了我。我大叫着醒不来。当然天一亮，院子里就没有清静，我醒来。可是晚上又做变成鱼的梦。有一天龙追我时，我急中生智，冒出水面，发现水已退。于是，龙也不追我了。

起床后，我第一件事就是跑出院子，到八号院子前去看江水。真的，江水退了。

所有的人都欢叫起来。

可是二姐一个人在阁楼里哭。二姐要回学校参加派性斗争。那时重庆有各种保护党中央毛主席的造反组织，有中央做后台的，也有军队做后台的，最有名的是“八一五派”和“反到底派”，后者也叫“砸派”。母亲坚决反对。门被母亲反锁，母亲说：“你啥时想开了，就叫我一声，我给你饭吃。”

二姐把一段毛主席语录抛过来，说话像打机关枪一般快：“革命不是请客吃饭，不是做文章，不是绘画绣花，不能那样雅致，那样从容不迫、文质彬彬，那样温良恭俭让。革命是暴动，是一个阶级推翻一个阶级的暴烈的行动。”二姐说，“文化大革命”的希望就寄托在他们这样的年轻人的身上。

母亲听完，摇摇头，什么也没说，下楼了。

不知是三哥还是四姐悄悄帮二姐开了门。二姐跑回师范学校。

那是1967年，重庆两江三岸派性斗争升级，明枪明火干起来，惨案不时传来，搞得院子大门天不黑就关上。每家每户把菜刀和铁棍藏在自家门后和床下，以备不测。

二姐走了一周，母亲不放心，便到位于四公里的师范学校找二姐。费了一番周折，母亲找到二姐，她正在新垒起的两堆坟前跪着，坟前分别有一束白菊花，白得吓人，映得二姐那张脸像鬼。

一向小心翼翼的二姐，同时被两个男同学追求。二姐呢，并未答应他们中间的任何一个。两位本是好朋友，却由情敌转为敌人，分别当上了学校里“八一五战斗兵团”和“保卫毛主席革命到底兵团”的小头目。文斗不如武斗，革命升级了，山坳中发生武斗。两派的头目，跟外国小说里的决斗者一样，各自丢下身后围着自己的人马，举起了手中的枪，朝对方走过去。枪响了，一个倒下了，另一个也倒下了。两人趴在地上，又再次扣动扳机，射向对方。

结果两人都死了，只有几分钟时间。两边的人都看傻了，不知该怎么办。

二姐正在操场旁的女生宿舍里写革命标语，完全不知道操场墙外发生的事。第一次枪声响，她觉得不对劲，便奔向窗口。她看见那两个男同学举枪射向对方，倒在地上。他们射第二次时，二姐大叫：“停住！”谁也不听她的话，血流了一地。他们的脸都干净，一丝血也没有，安详极了。二姐发出一声绝望的叫喊，爬上窗台，想往外跳。当然被人拉住了。

母亲对跪在两堆坟前的二姐低声哀求：“回家吧，二妹。”

二姐没听见，眼睛直直地瞪着前方的两束白菊花。过了好久，她才抬起脸来，对母亲说：“好的，妈妈。”

之后，二姐不再参加任何派系，她躲在宿舍里读外国小说、绣花和练毛笔字。从那之后，她不仅是学校、也是我们家写字最体面最有章法的人。

四姐告状

我们家穷，几个孩子就一双塑料大雨靴。一逢下雨，就得看谁的手脚快。谁慢了，就得穿球鞋。中学街是一大坡石阶，若是雨不大，球鞋没问题，若是雨大，球鞋就会进水。弄得整双脚不舒服。四姐早上没抢着雨靴，父亲拿给五哥了。她中午回家时，拿我泄气，把球鞋脱给我，要我给她刷干净，放在灶边烤干。

我到天井边，用洗菜水给她刷鞋子。

大姐两口子带女儿去忠县乡下婆家，在那儿待了半个多月后，大姐夫回部队，大姐带女儿回重庆来，过了两天，扔下女儿就回巫山农村继续当知青了。

雨停了，太阳出来，蹲在天井边洗衣的四姐，心情还是阴郁一片，现在喂牛奶、洗尿布、给小孩换衣服等事都落到她身上，我的腿上常有被她在夜里掐得青紫的地方。我先天性营养不良，血小板低，若是碰撞硬东西，身上就有一块发青的瘀血，几天都不散。

我刷着鞋子，看了她一眼，也许她心虚，说："你看什么？"

一双鞋已刷好，可是我说："你的鞋自己刷。"

她把已刷好的鞋拿走，自己放在灶边。然后跑到屋里去跟二姐告状，说我昨天把一件与她共穿的衣服剪短了。

我被二姐叫到堂屋，她问："你真的敢剪衣服？"

我知道自己闯下了大祸，却一反常态，毫无畏惧地站在那里不说话。

父亲从厨房里走过来，听到我剪衣服的事，眉头皱起来。二姐问："你错了吗？"

我不承认错，仍不说话，一副看你们能把我怎么样的神态。

二姐一把拉住我的胳膊，直拖上阁楼，插上门。

她从床下抽出一根木柴，叫我趴在一条长凳上。我一脸无所谓地趴了上去。她手中的木柴打在我的屁股上，痛得我眼泪直往下淌。

"认不认错？"二姐问。

我不吭声。

"还不认错！我看你犟，你能犟过我？"二姐手里的木柴又挥了下来，"看你开口不开口？"

我说我没有错。

二姐更生气了，打得更起劲了。

为了让小孩子听话，院子里大人打孩子，有的真打，有的假打。真打的小孩子反而与大人亲，被假打的小孩子眼里没有大人。曾有个小孩子在江边对同伴传授对付大人的经验，说："大人一打你，你马上认错。大人叫做什么，就听从，之后呢，照你自己的想法做。"我听到后，告诉母亲。母亲说，"你这孩子真打假打都没用。"

我不知母亲为何如此说，她一定认为我是不可救药的孩子，坏透了。也许她对我失望透顶。二姐打我的时候，我就想到了母亲这话，真打假打对我都没用，那二姐不是在浪费时间吗？

二姐打够我的屁股，要我伸出手让她打。我伸出手，她撸了撸袖子，啪啪几下打下来。十指连着心，我痛死了，双手赶紧抓着长凳的脚，但是忍住，不叫。

她笑了，"你居然还是怕。"

我声音虚弱地说："我才不怕，妈妈说真打假打我，都没用。"

二姐一怔："妈妈说过这话？"

我在长凳上点点头。她停了手，握着木柴，在那儿想着什么。一分钟不到，她坐在地板上喘着气。

"打人还真累。"二姐感慨地说。

"还要打吗？"我害怕地问。

二姐一听，跳了起来："骨头真贱，你还想我打吧？"她手里的木柴举起来。

"要打就把我打死算了。"我用尽最后一点力量说，"我恨你，二姐，恨你们所有的人。快点打死我吧。”

她看着我的眼光，跟母亲经常看我的眼光很像，终于她的手垂下，那根木柴掉在了地上。她把我从长凳上扶了起来，我这才呻吟起来。二姐脱下我的裤子，查看轻重。“都红肿了，以为你不叫，就不痛呢。”她取来药膏，给我涂上。

二姐不该是打我的人，若要打我，应该是父亲、母亲和三哥。母亲和三哥都不在，那么只能是父亲。为何轮到刚刚从学校回来的二姐来揍我，至今我也没弄明白。

生虱子

那些天我总觉得头发里有东西，弄得头皮痒痒的。每隔一会儿，我管不住手，就要去抓几下。二姐发现我总在抓头皮，扳过我的头来一看，说："你看你呀，不知从哪里招了虱子。"

我当然不知道虱子为何寄生在我的头发里。最有可能是没人管我，好久没洗头了，太脏，才生虱子；还有可能是从街上那些生了虱子的孩子头上，跑到我头上的。

二姐满屋子找煤油。她从阁楼上的床底下翻出所有的东西来，把每个瓶子都打开闻闻，然后盖上盖，失望地摇摇头。又到堂屋房门右侧那些装煤球的地方找，她记得那儿有一些油漆瓶子。找了半天，还是没找到。最后只能告诉父亲，她要煤油。

父亲从屋里柜子里一个封得严严的铁筒里，倒了一碗黑乎乎的液体出来，有股刺鼻的味道，我马上捂住鼻子。

三哥、五哥和四姐，没准早已发现我头发长了虱子，只是都装着不知道，跟二姐那天关起门来揍我时一样，没有一个人来解围。

我跟着二姐走到天井里。她叫我蹲在天井的石阶上，把头低下去。我照她的话做。她把碗里的煤油抹到我的头发上，抹得很仔细、很均匀。然后返回屋里，找来一件破衣服，将我的头发包裹起来，包得严严实实。

“好了，你可以起来了。”二姐看看我，取下她头发上的夹子，将我头发上的布固定好，拉着我的手，让我在楼梯口坐着，“别动，一旦漏了气，煤油会挥发掉，就闷不死虱子了。那样，虱子会长大，会把你一口吞下肚里去。”

我吓得要命。煤油闷着我的头，头的重量随着时间的流逝而增加，那些虱子在用力挣扎，往我心上逃，想吃掉我的心。我发现自己的身子是如此的轻，轻得像透明的蛹。来来往往的邻居在我的眼前走来走去，他们吆喝，他们叫骂，他们大笑。他们在厨房里做饭、烧柴、舀水，往天井水沟里倒脏水。我呼吸沉重，透不过气来，实在撑不住了，我只得无力地靠在楼梯的扶手上，脸像死人一样白。

十来分钟后，二姐过来揭掉我头上的布。满头的虱子被煤油闷死了，她用温水给我清洗。看着浮在脸盆水面比芝麻还小的密密麻麻的一层虱子，我害怕得周身发抖。这些虱子在死前，一直躲在头发里喝我的血，让我又痒又痛、脸色苍白，病歪歪的。它们喝我的血，就喝个痛快，让我死，也算做了件好事。可它们不那样做，而是让我不死不活，有意折磨我。难道我这个人真有什么不对劲的地方，没人喜欢我，连小小的虱子也可以如此欺凌我？

二姐用木柴揍我的事，我没有忘。她给我除掉头发里的虱子，我没向她说一句好听的话，也没朝她露出笑容。

也怪，我那样对二姐，二姐反而对我比以前好多了。四姐、三哥也对我好多了。他们眼睛不像以前那样盯着我。我想到江边去走走，透透气，也没人给父亲和母亲打小报告。

夜里我睡不好，常常突然惊醒。我听着黑暗中那些老鼠在地板上跑动的声音，九三巷六号院子前路人的脚步声。我盼望有一种沙沙响的声音靠近，那是母亲结实的厚底布鞋发出来的。我盼望她回家来。

渐渐地，我重新入睡了。没过多久，一个熟悉的声音停在了院子大门口，轻轻地叩了三下。然后是父亲拉亮灯的声音。楼下门“嘎吱”一响，父亲摸黑穿过堂屋去院子大门开门。门开了，母亲走了进来，看了看父亲，牵着他的手，让一到夜里眼睛就看不见的他顺利地朝亮着灯光的屋里走。

好了，他们进了屋，坐下来，父亲给母亲倒了杯五加皮小酒。母亲举起杯子来，对他说，你在家当家庭妇男，真不容易，我得敬你。父亲说，你在外像男人一样劳动，更不容易，我得敬你。

他们好像有说不完的话。不知是我的梦还是真发生着，反正那天我睡得很踏实，一觉到了天明。

小猫小黑

在九三巷六号的院子土坡下面，有一个小水塘，经常发生猫溺死的事。

那水塘方方正正，十五平方米大小，谁也不知它有多深。在水塘边有一间矮小破烂的房子，住在那儿的老李头说，打有这条长江时，水塘就有了，意思这里有盘古开天地之久。谁也不信他的话，可我信。

水塘一年四季，不论下雨刮风、艳阳天，水都青幽幽的，水位不变。附近的人从不饮塘水，也不用来洗衣物，说不清为什么，习惯成自然。

水塘边长满各种花花草草，生得茂盛，连马齿苋也长得比别处肥大。

我和五哥常去水塘边摘马齿苋。母亲说马齿苋有丰富的营养，也叫长命菜，她教我们做凉拌马齿苋，把马齿苋洗净后，在开水锅烫一分钟捞到篓箕里，撒上少许盐，放蒜和姜丝，下饭时加点油辣子，它本带酸味，下稀饭特别可口。

水塘边上有一座小花园，用篱笆圈起来，有道小木门，是老李头的。他很少和街坊邻居往来，没结婚，却有一个女儿定期来看他。都说她是他解放前在江边捡来的小弃婴，当时奄奄一息，是他想法救活的。有人说他做过磨刀匠、修床师傅和弹棉花工，但打我有记忆，就只看到他专心专意地整理他的花园。

哪怕是弄泥土，老李头也是戴着手套，很爱干净。也因此，有邻居怀疑他是潜伏下来的国民党特务，要整他的黑材料，没想遇到麻烦，原来他捡来的女儿在区里当干部。打那以后，他眼里更是无人一般，不和周围任何人接触，仿佛整个世界就他一个人。

每天下午，有太阳时，他搬出小凳子，坐在家门口，发白的眉毛下一双眼睛，盯着园子里的花。他会打一个盹，于是有胆大的小孩翻进篱笆去偷花。

他的屋顶瓦，连着一条小路，就是通向我们九三巷六号院子那条路。

偷花的孩子得手后，总会弄出声响。他马上醒了，像个年轻人似的追过去，追到他屋旁那坡石阶为止。那些偷花不成的淘气鬼，会在他的屋顶瓦片上跳，瓦片易碎，孩子跨过屋檐边一条流淌雨水的小沟跑了。他喘着气，骂“有娘生无娘养的死娃儿”，一直到黄昏每家每户的大人下班为止。只有这个时候，他不是在他一个人的世界。

有一天清早，趁老李头没打开门，我和五哥去摘马齿苋。水塘里漂着一只死得硬邦邦的花猫，五哥看见，拔腿就跑，他受不了。水塘淹死猫是不稀罕，可是怪就怪在经常是没人认领的死猫泡在水塘里好几天，池水还是青幽幽的，没有一点死腐臭味。

老李头用一个细铁丝做的网勺子把死猫弄到塘边，最后，埋在他那个小小的花园里。那儿不论种什么花都长得特别茂盛，香气四溢，我怀疑这跟埋在花园地下的死猫有关。花的香气，让人晕乎乎，想趴在床上睡觉。可我爱闻那花香，也喜欢闻了之后，悄悄爬上阁楼，睡一觉。

五哥坐在堂屋里的楼梯上，脸色难看。他怕看死猫，那样会让他想起他的小猫小黑。小黑本是三哥弄回家的，弄回家之后三哥便不管了。小黑当时饿得乱叫，五哥把自己的一碗稀饭分了一半给它，小黑后来和他很亲热。

三哥的同学送给他五只灰鸽。阁楼天窗，巴掌大的地方，成了三哥养鸽子的天然场所，他成天在那活动木梯上爬上爬下，放鸽子，写个纸条给那养鸽子的同学，等着鸽子带回同学的纸条。他从不打扫鸽子笼和清扫鸽屎。时间一长，天窗上下，还有板墙和木梯上，都是鸽屎。木梯就在我和四姐睡的床边，遭殃的是我和四姐。我们抱怨三哥，他理都不理。

有一天三哥趴在天窗上逗鸽子玩。小黑爬上天窗，瞅着鸽子看，想扑进去。鸽子凭本能从天窗飞出，三哥一回头，朝小黑猛吼一声，吓得小黑一下跳到楼板上。三哥下到地板上，朝小黑狠踢一脚，小黑一声惨叫，跑下楼去找五哥。

五哥不在家。

第二天早晨五哥唤小黑，小黑没出现。五哥急了，出院子外找猫。最后在水塘里看见了小黑的尸体。他把小黑捞起来，蹲在边上，轻轻摸着，一边还在笑。我有点吃惊，走近一看，才发现他在哭。

老李头站在自家门前说："为一只猫哭值得吗？"

五哥仍是哭，头越来越低，埋在两个膝盖之间，那种伤心是我难以接受的。

五哥在院外那片长有小树林的土坡上，用一个破土碗挖了一个深深的坑，把小黑埋了。我帮他将挖出的土一点一点往坑里推。

小黑的死，跟三哥用脚踢它的行为有关，也跟三哥之前丢弃它的行为有关，三哥对它的讨厌，一定让小黑失望透了，又找不到五哥，干脆自己走了。五哥从未问自己不在家时发生了什么，但那之后，一向霸道的三哥，遇事也要让着五哥几分。

大表哥来了

大姐怀着玲琍时，在乡下吃红薯、土豆；坐月子时，母亲加班卖命地干，用加班钱买鸡和鸡蛋给大姐补身体。大姐的奶水非常好，玲琍长得比我们家的孩子小时都个儿大，脸色红润，父亲抱着她坐在堂屋和天井的过道上，她一个劲地笑。

大姐回农村后，父亲和我们几个孩子带着玲琍。父亲用牛奶和米粉把她养得壮壮实实。

母亲为玲琍一周岁生日在大厨房里忙得不可开交，她在菜板上切红萝卜丝。小舅舅、舅妈从市中心来了，提了一包红糖。二姐也回来了。也就是这天，我见到了大表哥——玲琍的父亲。大表哥的弟弟也来了，也穿着军装，两人很相像，一米七八高，仪表也算得上周周正正。母亲说大表哥是个连长，二表哥是个排长。我觉得大表哥有霉运。因为人们说我的脖子有个吊死鬼痣，让家里人倒霉。

大表哥脖子上也有一颗吊死鬼痣。

我想告诉他。

平日，我是那样怕生人，可这天，我硬着头皮说：“大表哥。”

大表哥没听见。他从父亲手里接过玲琍，抱得紧紧的，双手交叉的动作十分笨拙。他亲了亲玲琍的小苹果脸蛋，眼睛没有离开他的女儿。

我不高兴了，算了，你倒霉运关我什么事。于是我看他的弟弟，还好，他脖子没有吊死鬼痣。我朝他的脸和头上看，不由得轻轻叫一声：“二表哥。”

二表哥听见了，脸转过来看我，看得我脸有点发红，可我还是继续说下去：“你可不可以把你的红五角星军帽给我看看？”我结结巴巴地说完，头低了下去，恨不得打个地洞，钻到地底去。

二表哥摘下军帽，递给我。我接在手里，发现没戴军帽的二表哥显得格外可亲，跟我的母亲长得像，当然他本是母亲的大哥的儿子，与她相貌相似，一点不怪，但他像我的母亲，是因为同样有那种隐含在内心的担忧。

我打量手里的帽子，亮闪闪的红五星。没有孩子不对军人的衣着向往和迷恋的，我刚准备把军帽戴在头上，就被一个十来岁的少年抢过去戴在头上。他是同院邻居王叔叔家的小儿子，长得比我高，在堂屋里走来走去，呐喊着“一二三，齐步走”，仿佛真当上了军人一样。我想把军帽拿回来，可是一靠近，他就转一个方向跑开，弄得我满头大汗。

二表哥叫住了那少年，从他头上摘下帽子来递向我。

母亲端着一摞碗走了过来，对二表哥说：“别给她。”

母亲叫我去倒垃圾。我不太高兴。“快去，懒骨头！”母亲并不因为有客人在，就对我有耐心。

跟在母亲后面，走进大厨房，簸箕里装了灶坑里的煤渣、擦小孩粪便的纸和菜头、菜根，堆得满满的。我弯下身子搬簸箕：“太重了，妈妈。”

母亲蹲在地上洗菜没理我。

后院孩子被打的哭声传到大厨房，煤烟味和辣椒味熏人，喧闹声夹着少油水的铁锅和锅铲相撞的声音响成一片。

我把簸箕挪到灶门口，往灶里倒掉些烂菜头。母亲看见了，停下洗菜，用火钩将我倒在灶坑里的烂菜头又装入簸箕，说：“用劲搬，搬完才吃饭。”

母亲端起烧好的一碗萝卜骨头汤，朝堂屋走去。

我用力地端起簸箕走了几步，在堆满木盆木桶本来就窄小的过道上艰难地走着。“好生点，莫弄脏了我的盆子！”王家媳妇在那里吼叫。我干脆把簸箕抱在胸前，用吃奶的力气往院门走。

好不容易到了院外。我每下一坡石阶停一下，终于到了江边垃圾山。

那个中午我没有回家吃饭，心里对母亲充满怒火。母亲她根本不爱我。我脱了凉鞋走到柔软的沙滩上，江水涌过来舔在脚趾上。江北岸，斜看过去，可看到那座白塔，顶着灰蒙蒙的天空；南岸这边有两座塔，怎么看，怎么望，只能见一座。

老李头说，那三座塔是很早以前大禹治洪水时，分别用来镇住龙头、龙身、龙尾的。坏龙被镇住了，长江也就不发洪水，老百姓才有太平安定的生活。

老李头还说，人不能同时见三座塔，只可能见两座或一座，见了三座就要出大事，龙就摆脱了三塔，必出来捣乱。

我真想望见三塔，这样，当龙得到自由时，洪水出现，要卷走我时，母亲一定不像今天这样对我，她会对我好，会救我的。

这么一想，我心情就变好了，穿上鞋子，往山上的家走去。

出事

那天空气特闷，吃过午饭后，空中响起滚滚雷声。我和四姐戴着斗笠，到中学后街那条小溪去洗玲琍换下的尿布。雨哗哗淌在石阶上，每一级台阶都干干净净。溪水过桥后到陡坡处有一段较为平坦，倾斜如天然洗衣板。现在因下雨水变得有点混浊，作为冲洗尿布头遍已不错了。

四姐在我的下面一块石头上用刷子洗球鞋。她要我递给她放在石坡上的肥皂盒，过一会儿又要我递她另一只脏鞋。五哥戴着草帽，手里握着一个竹箕，从石桥上走过来叫我，说是粮食仓库运货的船到了，要我和他一起去江边缆车旁捡豆子去。

我赶紧将剩下的两块尿布在溪水里冲了冲。

“洗干净点，急什么？”四姐说。

“要不你就洗，要不你去捡豆子。”我说完把尿布扔到盆子里，起身和五哥一起往半山坡的粮食仓库方向走。

雨来得快，小得也快，毛毛细雨点打在皮肤上，湿湿的，很舒服。我和五哥走到粮食仓库时，货船已到了。装卸工人们把一个个重有一百多斤、装有各种豆子的麻袋扛在头顶、肩上，走过跳板，往缆车上码，码完一车后，盖上一张大大的塑料布。两分钟不到，缆车两边就围了五六个面黄肌瘦的孩子，有的流着鼻涕，脸脏兮兮的；有的戴烂草帽，腰间系一根绳子，统统赤着脚丫，蹲在缆车边，他们手里的瓦罐和篮子里有少许绿豆黄豆。

雨停了。因为下过雨，从装粮食的麻袋漏出的豆子大都陷进湿漉漉的地面。我用手指把它们掐出来。

一路寻找豆子，我从缆车底端慢慢到了顶端，蹲在仓库那扇敞开的红门边，这时一串铃声响起来，我以为是船的汽笛，继续埋头捡黄豆。

卸完麻袋的空车往下开。我听见了五哥的叫声，同时看见缆车向我扑来，我吓傻了，双脚牢牢地钉在原地，动弹不了。

那是快下班的时候，因下过雨的缘故，天始终灰蒙蒙的，开缆车的人没有看见仓库红门前有个小女孩；或者也有这样的可能，那辆往下行驶的空车刚好遮住我，驾驶员根本没有看见我，直到五哥从斜对面跃过把我推开为止，他仍不改速度。等他听到五哥受伤发出巨大的惨叫声时，他手中的闸已晚了一步。

缆车停止，空气凝固，只有我凄厉的叫声在响：“五哥，五哥！”

二姐闻讯赶来，把五哥背到附近的三九医院里。

当父亲扳开五哥那紧握成拳头的手时，三颗小小的黄豆从小小的手掌里掉到了地上。父亲的脸色铁青，他不看我，只盯着墙一动不动。

穿白大褂的大夫来了，把五哥推进手术室。我看着那紧闭的手术室，神志恍惚。

走出医院急诊室往江边走，我想到了还在白沙沱造船厂上班的母亲，我当即决定要去找她回来。

我走得急，到了轮渡售票亭时才发现未带钱。面朝江水一分钟不到，我身体机械地右转，一个劲地朝下游走。我知道只要顺着江边走，就可以找到母亲。我想到的不是五哥，而是父亲那张铁青的脸，那缆车轮子上的血迹，还有轨道上被压扁的小篓箕。爸爸，对不起，我情愿缆车压着的是我，而不是五哥。妈妈，你在哪里？我要你原谅我，因为救我，五哥腿才被压伤，就算你骂我，说该是我的腿被压伤，我也不会生你的气。

雨点稀稀落落又下了起来，像是从江上漫延到江岸上，开始打在我身上，越来越密。我继续往下游走，越走越快。跌倒了，我又爬起来。

终于，看见了在沙滩上抬氧气瓶的母亲，我用最后一点力气奔过去。母亲也看见了我，她似乎在叫其他抬工停。她扔掉扁担朝我这边跑来，用我从未看见过的那种眼神，那种急切，靠近我。

三哥得离开家

五哥当天就出院了，差一厘米，他的腿就伤到骨头。大夫对父亲说："真险，你的儿子。"包扎好后，大夫又给五哥一些药水和纱布，说现在市面上乱，不必来医院，自己换。注意不要沾水，让伤口感染了。

自始至终，母亲一句话也没责怪我。

她对父亲说："从今以后，哪怕米缸里只剩下一粒米，也不要让孩子们去捡豆子了。"

父亲点点头。当天晚上父亲在大家上床睡觉时宣布这项重要决定。

不让捡豆子，并不是说不让捡菜根菜头。三哥带着我们去三块石山里捡野菌和在河沟里捞河虾。我们经常跳进溪水里嬉戏。有一次父亲也跟来了，他教我们如何用网捞河虾。

好时光随即就中止了，三哥被通知，得去边远的农村当知青。

滴酒不沾的父亲，天天喝酒，脸上胡子拉碴。

他取了鱼竿往山上去，有意避开我们这些孩子。母亲要我和三哥跟在父亲的后面，母亲怕他出事。

父亲蹲在我们几个经常捞河虾的小河边的一块大青石上，腰板挺得端端正正。他的背后是一片松林。他抛下带鱼饵的线，看着平静的水面那串白浮标随微风轻轻移动。父亲从裤袋里掏出火柴想抽烟，可是，却忘了带烟杆和叶子烟。

我悄悄问三哥，是否要花一个钟头回家去取父亲的烟杆和叶子烟来？三哥摇摇头。我们一左一右朝父亲走过去，坐在他的身边。父亲知道了，也没说话。

怪老头

春天来临，每有雾，街上房子都模糊不清，呼吸也不畅快。

雾自得地在这座城市间游移，有时江的南边浓，有时江的北边浓。我年龄小，还不能上小学，心里等不及，就喜欢站在中学街，看那些能去上学的人，背着书包走上石梯的样子。他们从雾里钻出，走近我，又消失在雾里。

一般是清早我去江边倒垃圾，我家通向江边的小路，在雾中若有若无。渡船不会行驶，泊在渡口，大型货轮客轮，鸣叫着在江上慢慢行驶，全掩藏在雾里。

我第一次和怪老头碰见，是在江边，他也在倒垃圾。瘦精精的脸，眼睛总是睁不开的样子，未到六十岁，头发白尽，穿得破烂，却很干净。倒完垃圾，他把竹篓放在江水里洗洗，就去缆车边上的豆芽摊，伸出两个手指头。

卖豆芽的，马上给他称两斤，倒在竹篓里。

我也得买豆芽。我从裤袋里掏出网篓来，也伸出两个手指头。

卖豆芽的马上笑了，说：“你这孩子，学得飞快。他不爱讲话，你也不爱？”

我点点头。

卖豆芽的穿了一双长及大腿的雨靴，走到江边，在那儿掏了掏，掏出一块长了花纹的带红色的石头递给我：“喜欢吗？”

我接过来看看，石头真是好看，我点点头。

我把石头放在裤袋里。这时转过身，看见刚才买豆芽的怪老头提着一桶江水，在往山坡上走。我一手提豆芽，一手提竹篓跟了上去。

在长满了蒲公英的小路上停下，朝里走两分钟，有两幢小小的砖瓦房，窝囊地并排在一起。他走到里面一幢停了下来。他在门前的石阶上放下水桶，进到了门里。过一会儿，拿往一块明矾放进桶里，本来有些浑浊的江水没隔多久变得清亮起来。真是神奇。

从那之后，我开始注意他。他常常到江里洗澡，养了两只鸭子，有时把鸭子弄到江中游几圈，他只要怪叫一声，那些鸭子便游回了岸边。从没看见一个亲戚或朋友找过他。这条街的人都知道他会魔法，谁惹着他，家里的饭会煮不熟，衣服晒不干，哪怕在灶边烤干了，穿在身上也是湿湿的，皮肤发痒。

“文革”开始没多久，他不时到中学街的杂货铺子买五加皮酒，坐在门槛上会喝小半瓶，这才下石阶。走到我住的六号院子前，举起酒瓶，美美喝一大口，哼唱几声谁也听不懂的小曲。喝到八号院子前，手中只剩半瓶酒，身体就有些摇晃了，继续往坡下走。

下江边上山坡来的人都厌恶他，有人还停下来专门嘲笑他。这人回家后，门怎么也关不上，大冬天喝北风。

不过他对自己的隔壁邻居从未使过咒语，倒是救过这家的小孩子。有一次小孩子爬出门槛，往石阶上爬，下面就是悬岩边。他看见了，站起来，闭上眼，手一挥，那孩子就固定在悬岩边，对他微笑。

孩子的母亲赶过来，抱起孩子，凶狠地骂他。那一次，他没做法。

有一天，红卫兵来把他抓走。隔了两天，他被放回家。那天夜里，他一个人整夜在沙滩上裸着身体狂奔。

清晨，他的屋顶冒起滚滚黑烟，直往江对岸扑去。

父亲和周围的人提着灭火器和水桶去灭火。粮食仓库有电话，叫来消防队，火才熄了。

火不是被熄灭的，而是烧尽了。公安局的人来，抬出一具烧得热腾腾的腊肉尸体，油黄油黄，像刚出炉的烤鸭一样，整条街都是肉香。

那么多的人拥来，把九三巷和中学街的路都堵断。

那腊肉尸体是怪老头，但他两只合拢放在胸前的手，长着老年斑，经络毕现，一点也未被火烧着，也未被烟熏黑，真是奇怪。看热闹的人说他是落网的牛鬼蛇神，从江对岸下半城搬来，户口上的原住址是在南纪门一带；也有人说他以前可是有钱人家的少爷，听说曾进过蒋光头的黄埔军校，后来为国民党做潜伏间谍；还有人说，那没证据，是冤枉人家的，这不，才自个儿死了。

怪老头点汽油自焚，真是自焚，因为那么大的火居然不向左右两边燃烧，左边就是种有葡萄树的尚家，尚家隔壁就是我们六号院子十三户人。右边是一个平房，住了一家七口人，平房屋顶紧接着八号院子后院，更有七八家人。怪老头只烧他自己的房子。连死这件事也能控制，真是令人佩服。

那烧掉的一间破屋，后来依然如故，全是残垣断壁。父亲提着灭火器冲去救火的样子，每次经过那间烂房子，便闪现在我眼前。那天父亲对我们几个孩子很生气，说我们也不帮忙，没人敢顶嘴，我们可以气母亲，却从不敢顶撞父亲。父亲端起一碗稀饭，喝了半碗，就放下。他坐在堂屋抽叶子烟，一直到我们都上床睡觉了。

我睡到半夜，觉得父亲倒很像潜伏间谍。怪老头的腊肉尸体出现在眼前，我可不想父亲也像那样。为这胡思乱想，我狠狠地赏了自己一巴掌。

鸡奸犯

南岸野猫溪九三巷这条街有三个大院子，分别为六号、七号和八号。我家在六号院子，住在七号院子里的胖子叔，一直有人缘，经常有好些工人在他家喝酒唱歌穷作乐。

在这条街，这个地区，人人都知道我是非婚生子女，就我不知。我和母亲额头上烙着红字印记，经常遭人白眼和欺凌。可是胖子叔每每见了我，并不像周遭邻居那样看低我，他总是朝我点一下头，或微微一笑，很友善。我呢，当看不见，可心里记住了。胖子叔对我母亲也是如此，母亲扛了东西回家，经过他的院门，或在路上遇到，他会帮她扛回我们六号院子。母亲说，胖子叔是一个好人。

“文革”开始了，胖子叔积极参加，他家里成了辩论的场地，聚了好些人。他的农村妻子，图个清静，就不来城里了。倒是常有农村的年轻后生、远房侄子捎些山货来看他。

有一天我放学回家，看见公安局把胖子叔铐走。他眼睛平视前方，什么人也不看。围观的人群议论着，说他跟他徒弟做那连鸡狗都不如的事，活该。

不久，很多坏分子被押在广场开公审大会，他的脖子上挂着“鸡奸犯”大木牌。会后，游街时，我看见他，整个人蔫了，眼里失去了光亮。

胖子叔关了十年才被放出。说是因派系斗争，得罪了造反派头子，想整他，可是他家庭成分好，又革命，找不到什么岔子，最后发现他不喜欢女人，总和男人打堆。

母亲说，胖子叔幸运，因为证据不足，找不到一个他的徒弟承认与他有问题，才只关了那么久，不然少说也是二十年。

南山

重庆南山山脉有一座山，山顶竖着三块自然生成的大尖石，远远可望见，尤其在朝天门码头，不用望远镜也能瞧到，我们叫那座山“三块石”。

三块石有个公墓，在很大片松林之中。打我三四岁起，父亲常带我去那儿打柴。

父亲曾是舵手，全国一片“大跃进”时，白天夜里开夜船，累坏了。大饥荒中又加班太多，营养跟不上，他好几次从驾驶室跌下江去。最后一次几乎丢了性命，在医院住了好久。病好后就回家当家庭妇男。他的眼睛是渐渐瞎的，我上小学前，他还几乎看不出来眼有毛病，那时，白天看东西没什么问题。我上初中时，他眼睛就不太好了，拿一份《重庆日报》看，要戴眼镜。后来看报时间久了，中间得取下休息一会，晚上得摸着走路做事。父亲告诉我，他这眼病叫夜盲症。在我上高中时，他白天看东西就模糊了，晚上更是不行，完全看不见。

父亲眼坏后，再也未与我去三块石打柴。可是他常常提起那座山。他说我小时候，倒是爱和他说话，从家往三块石的路上几乎都是山坡，我总是问这问那，每回他都耐心地回答我，有次遇上连他也不知的树名，就回家查他的大词典，把树名告诉我。他懂得很多，比母亲有学问。我对父亲很佩服。

父亲也是教我识字的第一人。他看到豌豆花胡豆花油菜花，就在地上用石头写出来，让我读出声。他说，眼瞧到，心就记住。我记性好，父亲高兴地说，你比你几个姐姐聪明，教一次，就够了。

豌豆花在我们下山的小路上不约而同地绽开，鲜活泼泼的。我大声对父亲说："豌豆花，豌豆花，开白花，像蝴蝶，我喜欢它。"

父亲继续扛着柴，费力地走在我前头。

那个早春三月，天仍有些寒。

下雨天，天井里水洞眼堵了，雨水流得慢，溅了好些水在天井的石坎上，那是连接厨房与堂屋的唯一通道。父亲有天摸黑走过，摔了一跤。我和四姐帮父亲搽上红药水。我对父亲说："我一定要快快长大，好带你去北京治你眼睛。"

父亲愣了一下，拍拍我的头。

四姐不高兴了，说："还轮不到你。我们是吃干饭的吗？"她见父亲瞪眼才止住了。

后来上阁楼睡觉时四姐说，“妈妈爸爸已试过治病，可是轮船公司医院的医生早就下过结论，就这夜盲症，还有青光眼，只有开刀才有机会，只有百分之一的希望治好，但也可能全瞎，而且只有北京的大医院才能做手术，重庆再好的医院也做不了。爸爸不同意开刀，更不要去北京，说没那笔钱。妈妈非要去，两人为此都吵架了。最后爸爸说服了妈妈，说我还不想眼瞎，看不到你和孩子们。让我多活几年吧。”

钱是好东西，没钱，谁也不是英雄好汉。我对四姐说：“我长大一定要好好挣钱。”

她在床那头，踢了我一脚：“做什么梦。快睡吧，明天还要早起。”

我那天晚上在床上翻来覆去睡不着。治父亲的眼病成了我心病，我有个感觉，若有一天自己长大真挣着钱了，父亲也会拒绝去北京医院开刀。以后父亲果真如此。

他一直活了八十二岁，在家中平静去世。他去世后，葬在南山。

观花婆

观花婆来跳神，念咒语，用巫术治病，几乎是我童年记忆的一部分。每逢院子里有人生病，就会遇到观花婆来，对着西天方向顶礼膜拜，烧香请愿，有说有唱，舞跳得更奇，有的观花婆脚上有铃铛的脚镯，不必跳舞，走路声音就非常好听。那些观花婆穿戴也像小人书里的古时人物。

我满四岁那年，后院的邻居钟妈妈病了不吃不喝，睁大双眼在床上，不认识家里人。观花婆来了，头顶红布，闭上眼睛坐于椅上，双足踏行状，划火柴烧买路纸钱。一分钟不到，她称进入阴司，叫屋子里的人不要出声，之后自称死去的爷爷，声音倒是极像，说是钟妈妈的祖坟进水。钟家去修好坟当天，钟妈妈从床上坐起来，大吃稀饭三大碗，病好了。

我们家六个孩子，倒是贱养得很，较少生病，一般都是父亲给我们一些药片就解决事，没有请过观花婆。唯有一次，是我左臂拐肘扭了筋，母亲正巧在家，趁着天黑，把我扭到院子后面水沟那个巫医家。巫医神秘兮兮，她拿腔拿调，本不想治我，后来母亲让她改主意了，便给我抹了一种自制的黑乎乎的东西，说了几句莫名其妙的话，一股电波穿过我的左臂，疼痛马上减轻，等回到家，手好使如初。

好多年后我才弄懂，那个治我手的巫医为何那般情形。从“文革”开始到“文革”结束这段时期，观花婆巫医是“封、资、修”，统统打倒，巫医转为地下营业。

一个女孩的避难所

我家附近的中学街，与重庆南岸其他街相比，并不陡，也不算窄，每隔十来步石阶就有一块平地，无论石阶还是平地全是青石块铺成，年份久了，石块好些地方有斑点并凹陷不平。中学街是野猫溪与弹子石两地区交汇点，有好些小店铺，夹在住家之中，依此中心地段做点小生意为生。1967年开始文攻武卫，游行批斗，街上的店铺只开半天，没过多久，今天这家关，明天那家关，余下的油辣杂货铺子，左瞧瞧右望望，也关了。可人一天也缺不了油盐酱醋。于是，油辣杂货铺子又半掩半开了。

1967年夏天，我快满五岁，只有玻璃柜台大半高。我站在油辣铺柜台前，一边递钱，一边眼巴巴等着酱油瓶子从柜台里面递出来，一边瞅着机会看铺子里花花绿绿的东西，尤其是有着各种图案色彩的火柴盒，依柜台右边墙壁，一层层放得整整齐齐，你喜欢哪一盒就自取一盒，并不像其他铺子用牛皮纸包好，放得远远的，得问店主要，才够得着。

火柴盒上的图案通常有工农兵大唱革命歌曲那样，也有红旗飘飘毛主席语录那样，还有“四川巴县”的工厂田野也经常见到。可最边上竖立着三盒火柴，旧旧的，全是动武的漫画，有大拳头还有小椰子树，写着“北京一定要解放台湾”，和之前看到的图案都不同。“台湾，台湾在哪里？”我喃喃自语。

“那是福建边上一个小岛。”我旁边站了个上了年纪的男人说。他提着竹篮，里面白菜豆腐盐红辣椒，盛得满满的。

“福建远吗？”我问。

“好生拿着，好生拿着！”杂货铺子里的女人递我酱油瓶，“不要乱张嘴，小心打破瓶子。”

我明白自己惹人嫌了，捧着酱油瓶，便跨出门槛，因为心里紧张，几乎跌倒，那个上了年纪的男人一把扶住我。

我站稳了，看看手里沉沉的酱油瓶，还好，没摔破。我把它捧着紧紧地，下意识往家的方向看，生怕回去迟了被骂，于是快步走。

“连声谢谢都不知道说，真老实。”背后是那男人的声音。

“蔡老大，就你会这么赞她。她没有家教，婊子养的！”铺子里女人的话，我离得远也听得清。

又过了好多天，父亲换泡菜坛子沿边的水，往里面加盐时，发现盐不够，就让我去油辣杂货铺子买一包。我走到中学街两街汇合地方，发现蔡老大站在石阶上。他脸肿肿的，眼睛发红，明显喝醉了酒，穿了件黑黑的布衫，有好几处都打了补丁，针线不是太齐整。

我往石阶上走。有个比我高一头的女孩，站在石阶上用腿拦着，不让我走上去。我朝边上走，她就跑到边上拦着。我急得没有办法。那女孩把我扎小辫子的胶皮绳扯断，使劲抓我的头发。

蔡老大走下来，那女孩害怕他一身酒气，闪开了。

我趁机过去。

忽听身后一声大喝："回来！"我吓坏了，以为是那女孩在叫，往石阶走了好几步才回头。那女孩已走掉，是蔡老大向我点头。我看了一眼，没敢理。我也怕喝酒的人，大白天喝酒的人更可怕。

"过来。"蔡老大说，他从裤袋里掏出一本小人书。

我走下石阶，接过小人书。

我马上蹲在石阶上看，进入一个有血气有热量的新奇世界，连鬼也是善良的。刚看到小半，蔡老大说："小姑娘，你回家再看吧。"他打了个呵欠，酒气臭熏熏，是那种过夜的臭，跟阴沟里的臭不太一样。他傲慢地扭扭脖子，身体一歪一斜地往野猫溪方向走去。原来他并不住在中学街。

我好奇地跟上他，看着他拐过一个小巷，身影消失。我朝家走去。脚跨进房门，父亲问：“你买的盐呢？”

“我忘了。”

不知父亲在说什么，我飞快地跑到中学街。这条街转瞬间人多嘴杂，油辣杂货铺前站了好些人，我只得排队。

我想看完那本小人书，却一直没寻到机会。到了傍晚，我不敢开家里的电灯，一直等到晚上路灯亮起。

我到院外小街上，那儿有盏昏黄的路灯。我掏出小人书继续看。里面鬼比人好，舍了自己救所爱的人的命。

第二天，我借故去油辣杂货铺，等蔡老大，他却没有来。这一天我未看到新的小人书，心神不定。一周后我在江边碰见蔡老大，他背了个竹篓，在捡废报纸、玻璃瓶和塑料。我的好奇心又上来了，便跟着他。最后，他走到收购站卖了八毛钱。

我把书还给他，他从裤袋里摸出另一本小人书，说：“这是《水浒》，一共有21本，你看完一本，来换新的。”

我当然照办，一本换一本，看了一个多月，我沉浸在虚构世界中，忘掉周围残酷的社会，尤其当有人欺侮我时，我就想书里人物会跑来为我抱不平，他们安慰着我受伤的心。还蔡老大最后一本时，他说：“少不看《水浒》，老不看《三国》。而你小小年纪，却已经看《水浒》了。”

我问：“为啥事先不告诉我？”

“先告诉你，你就不敢看了。”

“那为啥呢？”

他不肯说，在我再三追问下，他才说：“等你长大，你就会懂我的话。”

我经常琢磨蔡老大的话，一直长到十八岁，才有点懂。少不看《水浒》，是怕年纪轻轻，血气方刚，打架造反；老不看《三国》，是担心搞阴谋诡计，祸国殃民。

不知这是不是蔡老大的意思。我想找他问问，可他没再来油辣杂货铺。我也问过铺里那女人，她不理我。我跑到野猫溪一带上上下下的巷子里，可是未能遇上他。如以前，我每次想知道他具体住在哪一条街、哪一个房子里时，悄悄跟着他走，却总是跟丢他。他拐过一条巷子，上了一坡石阶便不见了。或许，他就是小人书里的一个人物，只能这么解释。

后院

六号院子有十三户人家，整个院子依山势而建，前院是一层，带天井和两个厨房，住了十户；后院是底层，虽从大厨房旁的楼梯下去，但也是朝阳的，那儿有三户，还有一个小厨房。

后院靠里的一间住了对中年夫妇，稍稍受了几天笔墨教育，很清高，与院子里其他邻居不来往。他们上下班准时，吃了饭就是两人打纸牌，也看古典小说，然后睡觉。

有一天两人打牌，吵架，吵得楼上边上邻居都听见了。当晚两人同室分床而睡。

女人在纺织厂上班。那天下班很早，她借了梯子，包了头布，把墙漆上绿色。

墙上有面小镜子。扫视着镜子中的自己，女人对贫苦的生活腻透了。她知道，这种生活再也不会出现奇迹，这种生活就是这种生活。

她接着干活，直到深夜才收工。男人在床铺边打了地铺，已熟睡。她洗了脸、脚，上床翻来覆去睡不着。她可以在古典小说里宣泄，弥补在现实中的缺憾，她厌恶自己。小说中的那些狐狸鬼妖，可以有爱情，终归有情人终成眷属，有安宁的生活。可小说看完，她还是那个清早得去纱厂上班的女工，丈夫还是得上船当船员。

她无法主宰自己的生活，她决定，要么全部弃之；要么，逃离现实，走入另一个世界。她下床，躺到丈夫身边，想摇醒他。

她不能够，她退回自己的床。

他翻身，打着呼噜，没多久说起梦话："你这个女人……"她想要听他心里在想什么，便接他的话，说："我这个女人怎么啦？"

他一听，就说开了，说和她在一起的点点滴滴，说他情愿要一个婊子也不想要她。他说他们曾经有过孩子，后来她小产了，那孩子不是他的。他说女人在没认识时是天使，认识之后便是魔鬼。他说了整整一夜。

她吓坏了，原来自己在他心里是如此面目。她撕自己的睡衣，扯被面。

他还是睡得跟猪一样实。

从那之后，她开始抽烟，抽得很厉害。

有天她到江边礁石上透透气。没一会，来了一个陌生女人，下巴有颗痣，向她要了一根烟，两人抽起来。她问：“你抽了多长时间了？”

陌生女人说：“我戒烟好多年，家里那个男人一看见我抽烟，就脸色发青，手直抖。可是看到你坐在这儿抽烟，我烟瘾又发了。”

她狠狠地吸了一口烟。陌生女人问：“怎么啦？”

她吐出烟雾，没说话，过了好一会儿，才坚定地说：“我要去寻找幸福！”

“幸福？何谓幸福？”陌生女人问。

“父亲、母亲，包括我的丈夫，都没人给过我，我也未给过他们。”

“所以你渴望。”陌生女人说，“根本没有幸福，像爱情，从我们来到这个世上，就知道这一点。说它有，不过是漂亮的装饰，自欺欺人罢了。”

陌生女人说完，伸手轻轻地拍拍她的背，然后默默地离开。当她回头望，那女人已在山腰上变成一个小黑点，渐渐消失在她的视线里。

小三妹

池塘边的草，风吹过，便偏向一边，带动池塘中的水，泛起一轮轮涟漪。

小三妹穿一件红毛衣，正在树下拾熟透了掉在地上的红果子。树不高，但果实累累，可是不能吃，吃起来像豆腐渣，酸得可怕。

冯姨去上公共厕所，经过那坡地，无意之中回头，发现小三妹在树下。等她上完厕所，原路返回，还没花上十分钟，就发现女儿小三妹已不在树下，也不在池塘边。她急忙奔到池塘边，池塘波纹闪耀，晃动的光线里仿佛有两只小手在乱抓在挣扎。

冯姨想也不想，便跳进池塘，捞啊捞，什么也没有，什么也没有。树上的红果子直往塘中掉。她的身体漂浮在水面。

“小三妹，你在哪里？”冯姨的声音在风中传得很远。她觉得自己托着女儿走上了池塘。她和女儿一起倒在红果子树下。树上的红果子还在掉。一些在水里，一些在她们身上。水中的红果子似乎很空、很轻，漂浮在水上，像小气球。她伸过手抓起一颗，咬了一口，才知红果子很甜，人们以前说这红果子难吃，原来是假的。

压在她身上的红果子很沉很重，像铅一般。红果子越堆越高，越堆越重，如一座山压着她。她拾起一个又一个向池塘里掷去，溅起的水花，发出一种令人恶心呕吐的气味。

小三妹到底是怎么死的？这是个至今也未解开的谜。或许她根本就没死，不过在那一刻失踪了，离开了冯姨和丈夫。冯姨不明白这是怎么一回事。

女儿的到来、离去，频频闪现在冯姨的脑海里，这像一个梦！但又不是一个梦，不过是她生命中遇见的许多稀奇古怪、又无法诠释的事中的一件而已。

冯姨老得很快，说话迟钝，走路老态龙钟。没办法，她遇见不认识的人，就讲小三妹死的事。然后她抬起头来，凝视天井上方碧蓝无云的天空，如同重新凝视那过去了的一切。

在小三妹失踪后，冯姨夫妻俩在六号院子又住了两年，也就是在我进小学那年，他们搬走了。

代课老师

她迷惑的眼睛黑又蓝，发着光，看我时，像一滴滴柔软的清水挂在眼眶里，随后，轻轻掉在脸颊上，流着浸入皮肤里了。

我喜欢上她的音乐课。她不是正式老师，可是因为正式老师休产假，并一再延长假期，她也就一直给我们上课。

那个雾霭渐渐浓厚的上午，我坐在第二排里，安静地品尝她的声音，“do re mi fa so la si do.”我跟着哼唱，入神地看着她。

那天不知为何，放学后同学们都飞快地走了，教室里只剩下我，我孤独地坐在那儿，不想回家，也不想待在教室里。她经过，看着我一会儿，然后问：“你要不要到我家里玩一会儿？”

我点点头。

她带我回家。那可能是我见过最好的房子，在江边粮食仓库的左方，一幢洋房，临江带卫生间。她说是她父母留下的，交了一大半给国家，小半她和妹妹住。妹妹下乡当知青，现在就她一个人住。她进屋子里洗澡。我放下书包，拿起桌上的笔纸，想画点什么。我的手一阵颤抖，却什么也写不出。她在浴缸里，浴液的芳香混合着她身体的气味，向我袭来。

我朝浴室走去，大着胆子从未关严的门里看，发现她整个身体在水里，手中拿着一本书。

她看见我，点点头，便大声朗读起来：

你难道认为，我会留下来甘愿做一个对你来说无足轻重的人？你以为我是一架机器？——一架没有感情的机器？能够容忍别人把一口面包从我嘴里抢走，把一滴生命之水从我杯子里泼掉？难道就因为我一贫如洗、默默无闻、长相平庸、个子瘦小，就没有灵魂，没有心肠了？——你不是想错了吗？——我的心灵跟你一样丰富，我的心胸跟你一样充实！要是上帝赐予我一点姿色和充足的财富，我会使你同我现在一样难分难舍，我不是根据习俗、常规，甚至也不是血肉之躯同你说话，而是我的灵魂同你的灵魂在对话，就仿佛我们两人穿过坟墓，站在上帝脚下，彼此平等——本来就如此！

我靠在门上听傻了，尤其是她朗读得有声有色，把我带入一个懵懂神秘的世界。她问：“你喜欢吗？”我仍在那个世界里流连，她问第二遍时，我才发现。

我说：“你读得真好。”

她很高兴，招手让我进浴室。我问她："老师，你读的是什么书？"

"是英国小说《简·爱》。刚才呀，我读的是里面女主人公简·爱对男主人公罗彻斯特先生最有激情的一段话。"她放下小说，"知道吗？我给你读的这一段，是我最喜欢的，我都可以背下来。"

看着我好奇的眼光，她说："这个世界上没有罗彻斯特先生，但是我要找到他，哪怕走遍天涯海角，我也要找到他那样的人，嫁给他。"

我说："我也要去找罗彻斯特先生。"

她大笑起来，然后抓了一条毛巾，擦身体，大方对着镜子照，她的裸体真美。我看得反倒不好意思，就掉转脸。她在镜子里看见了，说："看吧，没事。"

我干脆转过身体，调皮地说："看够了，不看了。"

她穿上衣服，叫我把书包背上，说："来，我送你回家，不然你家里人会担心的。"

又隔了一周，上音乐课，却是原来的老师，长得肥肥的，胸前有奶印。那个我喜欢的代课老师从此再也未在学校露面。我去她的住所找过，可是没有人。从此音信杳无。

十一岁时，四姐借到一本《简·爱》，我如获至宝。趁她不在，我趴在阁楼的地板上看。看不懂的字，我查父亲的词典，弄清楚了里面的故事。看完那小说，是一个清晨，我哭得很伤心，我真的想长大后嫁给罗彻斯特先生。四姐醒了，说："你在干什么？"

我不理她。我想到了代课老师，想到我去她家的那个下午，她说话、洗澡的样子。她就像一阵不可捉摸的风，一团解不开的云，一个握不住的影子，一个梦中之梦，可惜，瞬间便消隐了。

四姐发现我手里的书。"你偷看我的书，这还不是一个小姑娘能看的，再说你看了整整一夜，费了多少电费，看我不告诉妈妈。"

我说："你告吧，不过在你看完之后。"

四姐开始看，带到学校去，上课时放在课桌下面偷偷看。看完之后，她也哭得一塌糊涂。她没有告诉母亲我费一夜电费的事。四姐说，她长大了，想嫁给罗彻斯特先生。

我心想，我也想嫁给他，我的代课老师也想嫁给他。这么多人嫁给一个人，行吗？我想问四姐，可是看到她那样坚定的决心，我就打消了这个念头。

猫跳舞

母亲带我去庙里烧香，那是三岁。母亲事先叮嘱我右脚先跨进门槛，可我忘了。进去后，母亲问我，你哪只脚先进？

我摇摇头，忘记了哪只脚先进去。

母亲让我在文殊菩萨面前跪下来，请文殊菩萨保佑我。

后来母亲自己去，她给每一个孩子烧七星灯，她看每一个孩子的命。她高兴时告诉我，我认真听，听第二遍时，就不认真听。不用说，母亲很失望。

从那之后，她就不再讲去庙里的事。

春天来了，没过多久，就进入夏天，又有一只猫掉进院子外的水塘里了。老李头把死猫捞起，做了他花园的肥料。我在边上看着，感觉猫的命真惨，养猫的人不来处理后事。联想到自己的命，我哭了起来，眼泪掉进泥土里。

那天夜里，我闭上眼睛，雨淅淅沥沥下起来，打在阁楼的瓦片上，声音很响。我的床前站着一只猫，很像那只死去的猫，它对我说："小妹妹，请你跟我来！"

我左右看看，姐姐们都睡熟了。我爬起来，跟着猫下楼。月亮穿过云层，朝我们移来。可是雨点并没减弱，奇怪，我的衣服是干的。我们出了院子，下坡，一直走到老李头房子边上的水塘边。塘里的莲叶青绿，紫色莲花开得正艳。猫跳上莲花，那紫色猛地变成红色，一滴滴露珠滚落进池里，溅起一道道细微的波纹。月光下，老李头花园里的花纷纷盛开，真是好看。

五六只猫从那些花里钻出来，从那深埋的土里钻出来，直起身体，拍拍身上的泥。他们排着队，踮起脚尖走上水塘边。月光像布景灯打过来，照在他们身上，他们朝我一亮相，开始舞蹈。

哇，他们动作一致，有点像芭蕾，也有点像我们人类在堂屋跳的忠字舞。

没错，这些猫准看过大人小孩跳忠字舞，他们模仿那节奏和动作，真是天才。跳高兴了，有一只猫发出笑声，其他猫跟着笑，笑声很响亮。

最后他们朝我半蹲步，双手朝后，做谢幕。我拍手。

那只叫醒我的猫站出队来，对我说："谢谢你为我的死那么难过。"

我反倒不好意思了，说："同病相怜。"

猫深深地向我鞠了一下躬，然后说："小妹妹，我送你回去吧，天色不早了。”

我对它们摆手再见。它们仍是直起身体，只用两条后腿站立。我跟着那只猫走回院子，大门在猫面前自动打开。我家阁楼的门也是如此。然后猫向我伸出手，握握我，我发现猫的手湿热一片，大概是汗。

我关上房门，躺在床上，也许我在梦游，一切是那样不真实；也许那个有猫的世界，才是真实世界；也许我去了自己的前生后世。但是我不要那个世界消失，于是我叫了起来：“我不要，绝对不要。”

四姐用脚踢我：“叫什么，你一夜不得安宁，让人睡不好觉。”

我睁开眼来，瓦片上还是有雨点在啪啪打着，偶尔江上传来一两声汽笛声。我看了一下小闹钟，已五点，该是清晨了，因为下雨，从玻璃瓦片看出去，还是黑乎乎的一片。

邻居周姐

周姐是独生女，可是她母亲是个爱嫉妒的人，丈夫多看女儿几眼，她也不高兴。周姐不到周岁时，就被送到外婆家养，养到她长大要去下乡当知青了，才让回家。

院子里的人总是对周姐说：“你不是你妈亲生的。”

周姐说：“不准你们这样说我妈。”

后来，因为是独生女，当工人的父亲一退休，她就从乡下顶替回城。

周姐家本来有一个六号院子里最大的房间，但是她母亲不想与女儿一起住，就以大换了两个小小的房间，一间在后院，一间在我家阁楼边上。所以，我打上小学后，早晚都能看见周姐。

“我看见了。”她的房门打开，她坐在地板上对我说，“还未结婚。”

“你在说什么？”我问。

“他不会结婚的，即使结了婚也会离掉，我知道他。他有时是天使，更多的时候是人面兽心的魔鬼，为此我很累，很疲倦，也很兴奋。”她的眼睛眨个不停，像在眨掉什么不喜欢的东西一样，这是她最动人的时候。

我一派认真地听着。

“他三十二岁了，但爱他、为他而狂的姑娘不计其数。他有挥霍不尽的感情，挥霍不尽的精力和时间。在经济上，他一穷二白，可更显得他的精神富有。钱是能用尽的啊！感情也不能用尽。做人啊，得明白这一点！”

她的声音低沉，从衣袋里掏出一根香烟，点上火，吞云吐雾。

她吸烟的样子让我好奇，身体有些扭着，捏着烟的一只手举得高高的。老女人、老男人吸烟不新鲜，一个二十岁的姑娘吸烟，让我左看右看，都觉得优美。她把香烟递向我：

“来，进来吧，尝一口。”

我走进去，也坐在地板上，害怕地接过来。吸了一口，呛得我咳起来。

我说：“这东西不好吃。”

“你太小，不懂。”周姐说。

“你叫什么名字？”我问。

“素慧。你叫我周姐吧。”

有好几个星期，早晚都听得见周姐与她母亲在争吵。声音低低的，听见有人上楼梯便停住了。早上我上学时，她的房门紧闭着，傍晚我放学回家，她的房门锁上一把锁。

有一个星期天，我和母亲在天井里晾晒衣服，大厨房里好几个女人的头神秘地聚在一起，她们悄悄地说着什么，听到有“素慧”两字，我便用心听。原来周姐不见了，说是跟一个什么男人私奔了。她母亲气得要死，到处托人找，也找不到。

我觉得周姐真勇敢，心里为她祝福：菩萨啊菩萨，你要保佑周姐幸福啊，她该得到幸福。

卖花姑娘

1969年9月，我上小学一年级。学校每隔一两个月会组织学生看电影。那时电影先放纪录短片，全是中央领袖视察什么地方，再放国产故事片《地雷战》《地道战》和《铁道游击队》一类，打打杀杀，轰轰烈烈。

放阿尔巴尼亚电影《宁死不屈》时，电影才开始好看。二姐这么说，并给我五分钱，理由是我上小学，该鼓励一下。

那是我生平第一次进电影院，我很激动。电影里人都不怕死。班主任老师让每个同学发表看后感想，轮到我了，我说："电影真好听，可是呀，生活中有没有这种连死都不畏惧的人？"

班主任老师把我批评了，她说："我们中国共产党党员都是不怕死的人。"

二姐不知怎么知道了，说后悔给我钱买电影票。从那之后，我怎么找家人要钱看学校组织的电影，他们都不给我。

九岁那年，班主任老师说：“这回我们要看朝鲜电影《卖花姑娘》，票很紧张。听说不错，看了必哭的电影，得带两条手绢才行。你们先到班长那儿报名。”

我报了名，可是要交钱时，却没钱。

因为要带两条手绢的说法，让我对这部电影充满了好奇。我跟着学校的队伍去石桥广场的电影院，因为没有票，当然没进得了门。

本来我很不高兴，到电影售票处一看，票早售完，可仍有好些人待在那儿。我不知他们待在那里做什么。便也站在一边。

没过几分钟，电影上演。售票处边上有个扩音机，可听见场内电影声。这回连纪录片也没有，直接放电影。原来如此，这些人在这儿都是为了能听电影。

小小姑娘，清早起床，
提着花篮上市场。
走过大街，穿过小巷，
卖花卖花声声唱。
花儿虽美，花儿虽香，
没人来买怎么样。
满满花篮，空空小囊，

如何回去见爹娘。

场内一片唏嘘哭泣之声，场外也是一片唏嘘哭泣之声。

听到花妮的小妹顺姬因偷吃地主家红薯，遭到毒打，绊翻炉子上炖着的参汤，被烫瞎了眼。我哭得直用袖子擦眼泪。

电影散场了，电影院的出口涌满了伤心欲绝的人。那是在侧门，有一条长道通向街，我逆着他们走，从侧门进了电影院里。场内居然没有人把守。我进厕所里躲起来。观众走尽后，我听见工作人员在里面一排排查看，收垃圾，后来朝厕所走来。我把自己关进蹲位小门里。工作人员走后。我也不敢出来。

过了好久，我才打开门。从另一个门里也钻出一个小脑袋，是一个大我好多的女孩子，我俩不约而同做了一个怪脸：英雄所见略同。

进到场子里，已有不少观众。我们找了一个最后边最角落的位子。

真是太好了，终于看到花妮是个瓜子脸的大美人；顺姬呢，模样可爱又可怜，她瞎的样子，不管发生任何事，你都会同情她的。还有那些花，真是我见过最美的花；那歌真是我长那么大最打动我的歌。

那天我回家时已是很晚了，街上都亮了路灯。

我下着中学街长长的台阶，不知道家里会有什么样的暴风雨等着我。可是我心里被电影充得满满的。我准备全盘照实说来，为了《卖花姑娘》，我甘愿承受任何惩罚。

可是到家后，除了父亲，其他人都不在。父亲没问我去哪儿了，只是说："以后不要这么晚回家，让大人担心。"

我眼圈本来就红，这么一来就更红了。父亲说："快吃饭吧，菜都凉了。"

青萍

在这条街上，从来没有与我一样大的女孩，想和我认识一起玩。这天院子里来了一个女孩，对我说："能不能让我看看你家鸽子？"

她说他们一家五口，从南岸下浩搬来九三巷好久了，爸爸在船上工作，妈妈在烟厂上班。家里三个女孩，她是老二，十二岁了，叫青萍，姐姐叫青莲，妹妹叫青英。站在我家阁楼里，她并没急着去看鸽子，而是看桌子上的小圆镜。她把镜上的几点灰尘抹了抹，对着镜子照起来。她眼睛是单眼皮，颧骨突兀，看上去很成熟，不像十二岁，倒可看作十六七岁。

我指指天窗，上面有鸽子在叽叽咕咕叫。

她朝上看了一眼，说："我可以上梯子吗？"

我点点头。

她爬上去，看了看，一分钟不到就下来了。"你怎么不爱讲话。一条街上的小娃儿就你不肯说话。"

我说："你就不是来看鸽子的。"

"对啊，我是来看你的。"

她说着躺在我家床上，马上讲起她的姐姐喜欢上一个男同学，在偷写情书，那人不爱说话。他们一起过马路时，他会拉着她姐姐的手。

"哇，"青萍说，"爱情，真让我疯狂。"

她说得像一个谈过恋爱的人。

我说："你要是这样在我班上，老师非给你一个警告不可，说你思想有问题。"

"我才不怕。"她悄悄地对我说，"我给你背我姐姐的情书吧：'我非常迷恋你的脸、手指以及沁在你皮肤表面的汗珠。我叫不出任何一个人的名字，这个人那个人都已消失。我再也想不起来，曾经有过这么一段灼痛的感觉，幸福地窒息过我。这个人那个人我混淆不清。我只能缴械投降。我不要骗你骗自己，我就是要告诉你，我爱你。'"

她停止了。

我呆住，这比我的音乐代课老师都背得有感情，仿佛她自己在恋爱一样。

青萍说："我妈妈不会同意的。我姐姐马上要高中毕业了，要下乡，他们会去不同的农村。姐姐说，以后再遇到，就不知道是怎么一回事了。"

我没有见过她的姐姐，我读过的外国小说里都有爱情，知道一男一女相爱是好事，可还是不完全懂。我能感觉到一个人深深地注视一个人，想着一个人，不管他们离得近还是远，他们的心是在一起的。我就这么对青萍说了。

“哇，你不是木头人，你懂爱情。”青萍闭上眼睛，声音缓慢地说，“我感到自己的身体与心上人离得很近。那儿有白色的窗帘在拂动，蔷薇爬上了花架。我在幻想，我真的在幻想。”

我看着她，充满了新奇。没过一会儿，她翻了一下身，把手伸进自己的裤子里摸着。她叫我：“你来躺下，来摸摸我这儿。”

我吓了一跳，站在那儿没动。

她不管，她摸着自己，身体蠕动起来，挣扎起来。

我见过大人们做这种事。我们这一带的几个大院子，解放前差不多都是有钱人家的房子，建造得很结实，堂屋都有雕花，可是时间久了，没有维修，好些地方都破了，人住在里面，只能凑合。若是你不经意，经过一些角落取东西时，就可看见屋里人在做那性事。祖孙三代住一个屋，做那事，脸厚的，也就不怎遮掩。小孩子因此屡见不鲜。可头一回见同龄女孩做性事，且自己做，真是让我站也不是坐也不是。我只有逃，飞快地下楼去了。

没过多久，青萍下楼来，对我斜视，歪了一下嘴。第二天早上，我背着书包上学，进校门时，我看见她。她也看见我，不过却像完全不认识一样。

花痴

从我上小学开始，我们学校就跟整个国家步调一致，先去农村挖野菜吃，忆苦思甜集体饭，让农民现身讲苦大仇深的故事；接着参观一个个雕塑或图片展览，接受阶级斗争教育。后来，经常去附近农村学农，修梯田。

学校那时事多，老有人写反动标语，打倒伟大的人和伟大的组织。出现了反动标语，整个学校就得停课，查指使写标语的背后黑手——现行反革命分子。有时查好久，直到把人抓走才了事。

我们没正式上几天课，连拼音都未学会，却会参加革命了。风风火火上完小学，开始上初中，倒也安静地上了好几天课，可马上又被送到工厂去学工，回来后，学习中央十三号文件，捡废钢铁，要我们为支援国家建设做贡献。

我们这些学生先是把家里有用没用的铁锅、铁锤、剪子交上去，后来没交的了，就去江边那些工厂倒垃圾的地方，翻找扔掉的钢铁边角料、废钢铁破碎机和破碎零件。

运气好，可以捡到一两斤；运气不好，就什么也捡不到。老师说，每个同学有定额，完成定额得一面红旗，超额多得红旗。完不成定额，得白旗。学期末评选五好学生写鉴定好坏，以得红旗白旗的多少而评定。

由此，捡废钢铁成了我们这些学生生活中的一件大事。在垃圾堆时，我经常遇上一些小孩子，他们说完不成任务，那只能到厂里去捡。

废品收购站门前的小石桥上有一个全身脏兮兮的女人，站在那儿，像一尊雕像。每次我走到这一带，就可能遇见她。有人说她是花痴。

她有一张女孩子的脸，永远不老。可是我却怕她。她的眼睛盯着人看，不转眼，好像要把你魂勾走。

有一次我捡了废螺丝和阀门去收购站卖，得了五毛钱，正在高兴，花痴走到我眼前，一把抓住我的手。我想甩开她的脏手，可她的手有劲，我只能跟着。她朝桥洞下走，走到那儿，她扔下我的手就走掉了。

我弄不懂她是什么意思。可是我马上看到了生锈的铁块和旧钢板，就蹲下身子来，一个劲地往篓里装。

我上到石桥来，她不在了。

后来好久也没再遇上她。有人说，她遇上另一个脏人，是一个要饭的，这回两人要结婚了。

母亲知道了，感叹地说：“这下子好了，有人疼她了。”

1976年，毛主席去世了，我们忙着做纸花，开追悼会。接着“四人帮”倒台了，这是天大的喜事，我们那片地区每块地都震动了，人们敲着锅盆纷纷走出家门游行庆祝。

我跟着学校的队伍，加入数万人的游行大队伍，绕着弹子石野猫溪一带走了一大圈。这个世界究竟有何变化，我不懂，但是看到有的人是真流着泪欢呼，知道是好事，大好事。我们队伍朝中学街行进，那是大坡石阶。正在这时，我看到花痴了，她下着石阶，逆着我们走。那天阳光很好，照着她的脸，她的头发剪短，像个男孩。

我走出游行队伍，跟着她走了一段。她对我们的游行一点反应都没有，她走得专心专意。

后来我在小石桥上再看见她，她仍是脏脏的，看江呆呆的，看人勾着魂。我注意到她是一个人，身边没有母亲说的疼她的那个男人。

幼儿园

在38中学校后门有一幢很大的洋房花园别墅，那儿几十年不变，不管当政者是谁，都是一个幼儿园。上小学前，我羡慕那些能进里面上学的孩子，经常悄悄地从家里跑到那儿门前张望，更是喜欢趴在高高院墙上，偷窥里面孩子做游戏、玩秋千和滑梯。听着教室传来手风琴和脚踏风琴声、孩子们清脆的歌声，心里就觉得舒服，有时他们在院子里跳舞，我会跟着学。

幼儿园的院墙很大，可并不高，在与38中连接的一段，全是石头，很宽，足以在上面躺着。有一次我居然坐在石墙上，身子一横，睡着了。被里面的守门人发现了，把我狠狠地训斥了一顿。“找死呀！哪家的孩子，这么想进幼儿园！干吗不叫你大人来，办一个手续就行了。”

“我们家穷。”我说。

“穷？”看门人没想到，马上闭嘴了。

可是一分钟不到，他又像个凶神：“这儿看也罢了，多危险，摔下去就没命了。找你大人来。”

“我妈在外做工，我爸眼睛不好。”

看门人马上闭嘴了。他放我走了，我走了好远，他追出来对我说：“以后想看，就来找我吧。”

我没有去找过看门人。上小学后，有时放学回家，我还要绕道经过那儿，不过只是在墙下听听那儿的手风琴声和幼稚的孩子唱歌声。

升上三年级时，班上转来一个男生，天生卷曲头发，成绩好，长得俊，马上就当了班长。我喜欢上他，喜欢上早自习时看他的座位。有班长在，我这一天就很安心。可是我不敢和他说话，有他去的地方我不敢去。可我敢跟踪他放学回家，他就住在那所幼儿园后面的山顶上。

有一周班长没来，我不习惯，放学绕道去那幼儿园后面，希望能看见他。可是一次也未遇上。后来学校教室和厕所都发现反动标语，打倒最伟大的领袖和主席。

那天来了好多公安局的人，戒备森严。班长居然撒谎对老师说，前一天是我最后离开教室。

他们一大帮人把我带到办公室。幸好对笔迹，不是我干的。要知道，一旦被清查出来是谁干的，那个人连同家长都会被抓走。我可不想我的妈妈被他们抓走，也不想我的爸爸被他们抓走。

那天我哭了好久。从此再也不注意班长，也不看任何男生。现在想起来，对班长那份特殊的关切，是我人生最早萌发对异性的特殊感情。遗憾那么快就消失掉了，没有伤疤，正因为没伤疤，才觉得索然无味。也许，这也是我从此之后对同龄异性再也没兴趣的原因。

扁担脚

商家住在六号院子大门右侧，他们家全是儿子。有两个儿子有一天打赌，看能否让我，把双腿往后弯，弯成一根有弧形的扁担。那种身体扭曲的姿势，让我感觉难忍又委屈。

他们在学校校门外的小路上拦住我。一个说："你做扁担脚给我们大家看。"

另一个说："别听他的。"

"你不做，我就把你父亲母亲的名字写在墙上，还有厕所里，让每个人知道。"

我吓坏了，他写名字没多大了不起，跟上来就会有其他人打上×或写什么脏话。

我马上把自己双腿朝后弯，弯成两根扁担一样。当时围了不少人，他们取笑我，骂我，傻瓜婊子养的。

两人离开后，我冲出围观的人，往家里走。奇怪，一靠近家，我的委屈和愤怒都平息了。

六号院子外的空坝里堆了好些石块，挑夫从江边运来不少砖和水泥，他们把水泥堆在墙角，砖放在天井，说是害怕夜里被人偷。原来天井的南侧空地要建房，有两个工人在量尺寸。

第二天来了五六个工人，先用石块铺地，开始建房。可南屋建得慢，原因是每隔一两日，就有一个工人手脚受伤，房子里的人议论："这真是邪事，有鬼了！"

周六工人下班早，我放学后，他们已收了工。我喜欢坐在院外石块上，望着院子大门和进出的人。

我那段时间做梦，梦见那些工人在天井建石头棺材，一排排石头棺材，装了好些血淋淋的人头在里面。我吓得哭了。有个工人提刀要来砍我的头，我哭啊哭，说："放过我吧，不要把我装进去。老天爷，有没有一个人，肯将我带走？"

石头棺材里哗啦直响，吓得我立即止住哭。

我不要死，我要出生那天的云和风，那天的河水湍急地拍击着岩石。可是没有了，再也没有了。那天有的，这儿将永不可能再有；这儿没有的，那天却拥有。我是只迷失的羔羊，与其被人杀了扔进石棺，还不如跳进江水里。

我走到一个悬崖边，往家的方向看。人只有死了，才能重生，才会有一个新的命运。也许能相遇那天的云和风，也许能和母亲的心从此融合而不分开，她会像其他母亲一样守护我、爱惜我。

我在梦里的喊叫有了回应。母亲第二天就回来了。她说和她抬同一根杠子的王阿姨的老家人，担心猪有病，撑不住，就杀了。把猪头给王阿姨送来。王阿姨砍下一半送给母亲。“这不，我就送猪头回家来。”

我爱听母亲这种口气说话，好像她在说别的人。

“你别盯着我，像一只复仇的狼。”母亲说。

我想对母亲说，我是你的小女儿、六姑娘，怎么可能是一只复仇的狼呢？可我什么也没说，只是把抽屉里的拣猪毛的夹子找出来，递给她。

母亲接过去，坐在一张矮凳子上开始清理猪头上残留的猪毛，左手按着猪肉，右手拣毛。一缕头发掉下来遮住了她的视线。我走过去，替她把它掖在耳朵背后。

阁楼闹鬼

四姐参加学校支农，这天不回家。

我一个人上阁楼时，邻居李二嫂对我说："楼上有鬼，你一个人不怕？"

她没说还行，她说了，我的脚在打战。每往上走一步，就对自己说，我不怕鬼，妈妈说我属虎，杀气大，八字大，命大，可以压邪。

我不怕，是因为我没有伙伴，从心灵深处没有亲人，没有父母、姐妹、弟兄。孤寂之中，宁愿有鬼的存在，而不愿相信它不存在。

好了，我到阁楼门前，伸手推门进去。脱了衣，上了床，一个人待在阁楼里，没一会儿便闭上眼睛。一阵大风吹进门来，掀起昏暗的天窗重重一声响，几乎抬起了整张床。再睁开眼来，突然发现一个白色的影子站在门外。

我奔过去，使劲关门，顶住门，不让那影子进来。那影子力气很大，一把推开门，我也被弹力送回床上。白色影子一晃而过，立在屋中央，长长的头发披挂下来，遮住了脸，感觉有一个长长的舌头伸了出来。

扯过被子，我发现自己抓住的不是被子，而是一只冰凉的手。我和那手拉扯，醒了，睁开眼睛，没有风，没有白色的影子，也没有冰凉的手，但紧闭的门却敞开了。

周末二姐回来，她在堂屋与四姐在闲聊时说梦见过一个白色的影子，还看清了脸，绿眼睛，长舌头垂在胸前。二姐说太吓人了。

二姐说的和我见到的一样，所不同的是我未能看清楚。

李二嫂在边上插话说："那是个好人家的千金小姐，被逼死了，冤鬼啊！"

二姐、四姐马上坐直腰板，这是个鼓励的信号，李二嫂说了下去："你们知道吗？我们这个院子曾是她的，她是一个有钱人的外室。那时我们院子布置得很别致，天井边堆放了盆花，大厨房下边后院部分原是一座花园，有假山和水池，树木茂盛。解放后，那花园填了，加盖成现在这个丑样子，只留下小块空地、几棵树。我想起来，你们的六妹长得有点像她。"

"真的吗？"四姐问。

李二嫂声音压得很低："对呀，她们脸眼睛都像，脖子上都有颗黑痣。”

他们居然在说我，我偷偷躲在阁楼门外走廊上，吓得脸都白了。还好，我回到床上，就睡着了。

突然门大开，一个满脸是血的汉子闯入。我吓得一下子站了起来，赶紧拉亮灯。这个汉子是那有钱人么？太可怕了。从此，只要是一个人，睡觉时我都不会熄灯，做的梦差不多都跟以前的梦相关。

接连好几个星期，那个满脸是血的汉子都会到我的梦里。这一天当他来时，满脸怒气，一步步朝我逼近。邻居李二嫂说我长得像那个千金小姐，他把我当那千金小姐了。真是傻瓜蛋一个！我来气了，当汉子伸出十个手指企图抓我，我躲闪不及，只得和他扭打在一起，打得难分难解。

母亲曾说我有“三大”：杀气大、八字大、命大。我相信她的话，拼了命，不顾一切地和他对打。终于，我挥起拳头，用尽全身所有的力气，狠狠地朝他的脸打去，他倒在地上。

醒来，我浑身上下全被汗水浸透了。

母亲说过，梦里遇上不好的事，一定要赢，才能平安。可能是这样，反正，我的梦里再也没出现过那白色的影子和满脸是血的人了。

长大一些，我在深夜之际，偶尔听到像人又不像人的声音，嗒嗒嗒，响在房子四周。还有笑声、哭声，悠长，凄厉，持久。那不是人而是鬼。鬼也有喜怒哀乐？鬼不是烟、雾、幻觉，它有血、有肉、有痛感，是实实在在的东西。在你想它、意识到它的时候，它就存在，就在你四周。我适应这种阴气重的环境。在人和鬼两者中选择，我宁愿见鬼。

别人看我，说我鬼气重，阴气重，名字也是如此。

我对此说法不想表态，一笑置之。

古老的葡萄树

在六号院子的大厨房里，有一条阴暗的走廊。

走廊头，有一个丁字梯子通向院子的底层，向下走二十级楼梯后转弯，朝右拐，又走二十级楼梯，就到达小院后院，住着三户人家。那儿有一道小门，呈弧形，从小门出去，有一个篱笆围成的园子，和尚家独立的一幢房子相连。

园子里有三棵葡萄树，面对粮食仓库种满植物的苗圃。顺墙有一条小水沟，下雨天，水才急急地流。葡萄树上的葡萄长得大又甜，但不属于小院所有，是尚家的。

葡萄树有一百年了，古藤盘绕，以前少有新芽，也不结葡萄。尚家两个儿子在武斗中被打死后，葡萄树一年比一年长得好。院子里的婆娘们凑在一起神秘地说，是尚家两个儿子魂附在树上，树成精了，夜里就跑到街上寻人喝人血。那表情跟亲眼所见一般。

起初，家里人都把儿子死讯瞒着尚太太。

葡萄树吊着一串串果实，熟了的，皆甜如蜜糖。于是乎，传言便日益频繁，谎话终被拆穿。尚太太坐在葡萄树下整整一夜，第二天头发变得灰白，一把一把地掉。

打那以后，她坐在树下，只喝水不吃饭，眼睛不再看葡萄树，只盯江面，几个钟头都不动一下。第五天清晨，家人发现她吊死在葡萄树下，用一段白绸。

大人们不去树下了，孩子们也不去树下了，白天也这样。那些婆娘们嘴凑在一起，更加神秘地说，是两个变成树精的儿子找了他们的母亲去。

人们对葡萄树的恐惧，逐渐发展到谁提它就朝谁翻白眼，嘘的一声制止。

周姐提着一个箱子出现在院子门口，我以为自己看花眼。她看上去变了一个人，皮肤粗糙，眼睛无光。她什么人也不理，直接去了她母亲的房间。

幸好那天院子里人特别少。我吃惊极了，跟着她到后院。她与她母亲低低说着话，只有一句“离开他是好事。你回来妈妈就原谅了你”。

周姐的母亲跟天下所有的母亲一样，还是爱女儿的。我本以为她会跟那个私奔的男人过得好，结果两人还是走到了尽头。

她早睡早起，我起床时，她已走了。我上阁楼时，她已关门睡觉。这样几乎整个夏天都快完了，都没见到她。但是有一天傍晚，我吃过饭，鬼使神差地下楼梯到后院，我听到有人在园子里哭。

打开园子的门，发现哭的人是周姐。她用手绢擦干眼泪，坐在葡萄树的结实的藤上。我叫了她一声，她一点反应也没有。后来连着三天，都是在傍晚时分，我发现周姐去园子里的葡萄树藤上呆呆地坐着。

绿而肥的猪儿虫从葡萄树上掉下来，一只只蠕动着。周姐抓过来放在跟前，排成一线，叠成一个小丘。树上红葡萄熟透了也没人敢吃，掉了下来，砸在她头上、肩上。她向上望，脖子伸直，头往后仰。她开始揪自己的头发，然后把脑袋朝地上的一块石头上撞啊撞。

周姐的脑袋破了，在流血，跟果实的色泽一模一样。

我本来悄悄躲在门缝里，看到周姐头破了，就跑去告诉她的父母。

他们赶来拉住她，说："好，你说什么我们都答应。"

没多久，周姐嫁了一个条件远不如她的人。院子里的人说："人都往上走，那姑娘却要往下走，一步走错，步步都错，以后日子可苦啊，到时怨不得她家大人。"

那扇通向葡萄树的门因为这件事，从此被铁钉钉死了。水沟水依旧流，但响声变得急切而狂躁，隔墙一听，好像沟里的水随时都可能上涨，冲上来淹没园子的门和楼梯，淹没一切。有最惊骇者提议：“留水沟干吗？迟早会坏事。”

于是水沟顺理成章地被填平，封住，另开一条水沟，绕过小院通向别的地方。他们说那水沟通向河流，是地狱之门。

狗的故事

八号院子有户人家养了一条狗。在我十三岁那年夏天，九三巷开始流行到街上乘凉讲故事。尚家进过大学的大儿子，成了主讲人。他喜欢读书。《悲惨世界》整本书是他在路灯下，一字一字读给我们这些大人小孩子听的。

有一天他的嗓子不好，他的新婚妻子顶替他，讲了一个故事：

惠是一个独生女，父母去世后，她做了最想干的事：离开山城。

惠在新城市。一天在路上，她遇上一只被人砍伤的三脚狗。狗有灰色的毛，蓝眼睛，那乞求的眼中闪着泪珠。她不能不救它。

惠用盐水洗三脚狗肚子上的伤，用药膏纱布包扎好，给它喂水和饭。一段时间过去，伤便好了，狗和惠形影不离，异常亲热。

三脚狗很奇特。它会跳凳子舞、钻圈做游戏，会在院墙上打滚。

惠喜欢三脚狗，无论去哪里都带着它。她没遇见什么人，更没爱上谁，自然没与人结婚。

日子一天挨一天地逝去，一个偶然的时候，惠背上一阵酸痛，猛然感到身后有什么异样的东西钉在脊背上。转身去看，是三脚狗，正露出尖利的牙齿，蓝眼冒着凶气，看见她，忙掉转头。

最初，惠以为自己看花了眼，但如此情形发生了好几次之后，自然引起了她的注意。三脚狗偷偷斜视她的模样，令她周身打了个冷战。

三脚狗分明是要活吞我！

惠不忍对三脚狗做出任何反击的举动。在心里有理不清的东西，也可归为怜惜。于是，她便求人把三脚狗带到郊外，乘公共汽车也要两个多小时的运河边。心想，这下自己可以安然入睡了。

过了一段时间，三脚狗便悄无声息地回来了，带着怨恨的神情。

惠又求人把三脚狗带到另一处城郊的丛林之中，但它还是找了回来。她也来劲了，让人把三脚狗带到海那边，大洋另一端。没用，它还是回来了，眼睛里连怨恨也没了。惠知道，那已不是怨恨了，她的怜惜从心里掉下地，摔了个碎。

三脚狗继续盯着惠。她到哪里，它便跟到哪里，无论多远多难找的地方，三脚狗是嗅着她身上的气味寻着她的。

惠小时听人讲过故事：有一个人收养了一只在门前快饿死的猫。这猫是妖怪变的。主人察觉后，搬了几次家，猫都找到了。最后主人逃到庙里做和尚，本以为佛可以保佑他平安无事。然而，就在他到庙里的当晚，他还是被猫撕来吃了。

原来那庙就是猫变的。

那么三脚狗呢，为何锲而不舍地追我，不达目的不罢休？惠累了，决定哪儿也不去了，也不想去了。她在房间四处画满红颜色，能画的地方都画了，连灯泡也不放过。红光飞溅，穿墙而过。这红不是血的红，是真正的红，是能压邪驱恶的红。

惠磨好了菜刀，放进被窝，佯装熟睡。她希望三脚狗立即行动，别犹豫。

远远的，响起三脚狗的脚步声。整个房间在红色里旋转着，三脚狗踏着地板的声音响在门外。惠知道它来了。

犹豫。半分钟之后，门敞开，三脚狗站在门口。天！三脚狗不怕红色，径直走到床前，露出抑制了许久的尖利牙齿，紧接着，一跃便到了床上。

三脚狗倒了下去。

惠的刀上有血，三脚狗不是妖怪，也不是鬼。鬼和妖怪都没有血，而她把三脚狗当作妖精杀了。三脚狗或许不过是想上床和她在一起，不过是离不开她，想占有她而已。

三脚狗到死的一刻，眼睛里的咄咄目光，才转为伤心温柔的一瞥，注视着惠。

自从听了这个狗故事，从此我见了狗就很怕。我以为尚家儿媳讲错了，惠是正确的，那三脚狗一定是妖精变的，死有余辜。

后院闹鬼

女人靠着墙向前走动。没有人看见她。

该是午夜了，天却像正午那么明亮。

小女孩穿着红连衣裙，站在墙拐角处。

“好孩子，允许我暂时离开你一会儿。”女人背转过身，她以为这是幻觉，只要转过身，便会弄清是怎么一回事。但她回过身时，小女孩像一团火，耀眼的火又出现了，空气里回响着一串银铃似的笑声：“哈哈，哈哈。”

小女孩一身红衣，是我做的，她的笑声是模仿我，女人一边这么想，一边屏住嘴，让涌上来的发苦的口水淌回喉咙。她的手狠狠地敲着木板墙，脸贴了上去，亲吻小女孩刚才站立的地方。木板墙上的灰尘落了她一脸。

这样过去了一段时间，她有些累了，便坐在地板上，白衣裙卷成一团。

透过木板间的缝隙望出去，金色的树叶掉了一地。还不到秋天啊！真是奇怪！十几年前在这院子，十几年后，还在这个院子里，还在这个总爱下雨的山城。那时，她绝望地活着，设想以后的日子，无论如何，以后会过得稍有些不同。可今天仍是如此，一切相似得让人生怕！

那时，走在窄长阴暗的走廊上，风吹进来，走廊的门窗发出被拍打的清脆声音。那时，没有温饱，只有深入骨头的伤痛；那时，夜里徘徊在街上的野猫和野狗，总是因为饥饿和欲望旺盛在乱叫；白天人总是坐在太阳下捉虱子，江边每隔几日还是有尸体浮起，人们还是喜欢以看尸体为乐。

那时，两只鹦鹉如今天一样关在笼中，挂在树上，它们真是长寿。

从什么时候开始，它们的眼睛蒙上一层薄雾？

她走近，才看清楚，鹦鹉羽毛黄色，嘴尖形，如两指尖在一起，需要分开便分开，需要相连便相连。

午夜早过。鹦鹉叫了一声，睁眼瞧她。她笑了，鹦鹉是在瞧远处粮食仓库园子里的玉兰树，像自己的嘴一启一闭。

你这么惹人疼爱，但疼你爱你的人，一个也不存在。因为没人愿意给你打开笼子，让你得到自由。

鹦鹉转过脸来看她。她低下头，抚平衣服上的褶皱。她对自己说，有一天，你也会像鹦鹉一样，成为一堆毛和几根骨头。

那样又有什么不好呢？

她爬了起来，钻进鹦鹉笼，把自己变成一只鹦鹉。红衣小女孩出现了，她这只鹦鹉开始哭，哭得像小小婴儿。

她看到，所有的房门打开，那些男男女女往外一瞧，马上关上，再也不敢出声。

有女初长成

我第一次来月经的那天晚上，不知所措，晚上也睡不着。院子里的人，来月经，一个女孩不再说女孩，而是一个女人了。我对此充满害怕，未来将会是什么在等待我。

于是我起来，爬下楼梯，到了堂屋。我看见一个女人和一个小女孩。她们从天井经过，往大厨房走去，走进那长长的走廊。那儿有一个鸟笼，一直空着，经常在风吹来时发出人一样的笑声。

我站在堂屋前，没有动，还是原来的姿势。我不怕鬼，母亲说过人的心有鬼才有鬼，我的心没有鬼。

何必怕鬼？

可是有怪怪的声响，我走到堂屋的墙前，贴紧耳听。从里面传来，轻而有节奏的声音，很像在传递另一个世上的什么消息。

“你知道你对同类的失望，但你永远不会……”那声音停了停，马上又响起，“但你永远不会知道你对你自己有多失望。”

我很吃惊，什么人会如此知道我的内心？

淡淡的浮云，几颗寒星挂在天边。

四周格外宁静，宁静得让人发狂，我很想把天撕开看个清楚，把地划开探个究竟，把我自己从头到脚，从里到外搞个水落石出：我是谁，为何而来到这个世上？

天井南侧加盖的房间已建好，还未有人搬进去。墙上有面窗子，大敞开，好像有些影子在窗框内摇晃。不错，就是一些影子在那儿摇头晃脑。

我走近一些看，那些影子，没有脸，不是之前经过我的那一大一小的两个女人。

他们有七八个，不对，是十来个。

他们看着我，我看着他们。

后来住进天井南侧房子的人，都活不长久，有个掉进江里死了，还有个生病死了。都说南侧那空地，不该建房。后来没人敢住进去。

神秘的镜子

从小，镜子就令我极度不安，感觉它通向另一个世界，我朝里看一次，眼睛就被袭上一层我抹擦不净的灰蓝色。

记不清从几岁开始我发誓要离开家，不断地想逃离那儿，一次一次，甚至做梦也是如此。我每次想走时，要么是坐不上船，要么是坐不上火车，总之难以成行。在心里每天都在跟父母告别，每天都不能下决心离开。

有一天我对自己生气，我把镜子扣下，可是镜子似乎在说，别这样对待我。

我反过来，镜子说，你看看我，你可看到家里的秘密。

我照做了，对着镜子看。

阁楼的天窗在我背后，三哥的鸽子早就因他下乡当知青而送人了。天窗那儿空荡荡的。一分钟过去，两分钟过去。

慢慢地，我进入镜子，我发现自己怎么在楼下房间里。

两床间隔着一把旧藤椅。除了床，屋里还有一个五屉柜和一个衣柜。小窗终年不见阳光，被另一幢房子封得严实，白天也要点灯才看得清楚。屋顶有间阁楼，低的地方比人矮，结满蜘蛛网的天窗坏了，没人修，成了风口，吹得板墙上的旧报纸东掉一处、西掉一处，老鼠在地板上跑得欢，无法住人。就如此窄小的地方，在多年前竟住下我的父母、三个姐姐、两个哥哥！几人挤一张床，那时只要能躺下，就能睡得好。

我回家的那个晚上，异常潮湿、寒冷，听得见猫在瓦片上绕着天井狂奔，那熟悉的叫声，一如多年前。我不禁打了个激灵，身体本能地贴紧母亲。

母亲六十奔七十了，脑子仍敏锐，她问我："你是不是还要走？"

我蜷缩在被子里，一动不动，不知道怎么回答好。

母亲说："你一人在外，要多加小心。这个家，我们谁都不牵挂，就牵挂你。"黑暗中母亲的脸侧了过来，眼里似乎闪烁着泪水，"你最小，又生在那个倒霉的灾荒年。你爸爸被弄回来，没了工作。我没有奶喂你，即使有奶也不行，我得去老远的地方上班。你连一口牛奶也没喝过，靠玉米渣和菜叶熬粥，你命大，居然活了下来。"

父亲没有睡着，他插话："把那两块大洋找出来吧。"

母亲开了灯，披上衣服，下了床，从床底拉出家里唯一的旧皮箱。她念念叨叨地找钥匙。第一次知道家里有两块大洋，是在我小时，最多只有四岁，当时父母的声音放得极低，样子很神秘。母亲说，把大洋拿到银行兑换，再借些钱，找个好医院，治你的眼睛。父亲说，算了，眼睛治不好。再说，去兑换不就自招帮了国民党了吗？

朦胧的夜色中，几声汽笛的呜呜叫，涌入耳旁。我不必闭上眼睛，就能看见，一艘运货船驶向长江和嘉陵江的汇合处，一个年轻的水手把缆绳扔到趸船上套牢。这个水手，在几年之内，当了二副、大副，到了1949年，已是一个拖轮的船长。

父亲说重庆临解放时，风声很紧，船溜的溜，人跑的跑。军队抓住父亲的船，运军火上溯嘉陵江。那时长段江岸已有解放军出没。父亲知道推脱不了，就用棉被包裹身体，仅露出眼睛，从江上第一声枪响时，他开始大拐“之”字前行，以躲避炮弹和如雨的子弹。

血溅在驾驶舱的玻璃上，押船的士兵惨叫一声，不知是吓得跳下河还是受伤了抓不住船舷跌下去。父亲既紧张又害怕，全神贯注地开着船，军火随时都可能爆炸，他就等着阎王把他带走。

当父亲从千疮百孔的船上人不像人鬼不像鬼地下到沙岸上，等候在那儿的军官掏出两块大洋给父亲。就在当夜，这一带地区被解放军占领了。

母亲把皮箱里的衣服往上放，一件暗红蓝花的双层绸质旗袍，在一叠布衣中非常醒目。我弯腰取过来，觉得曾经见过：多年前，在家里看到过一张发黄的照片，有一个穿着这件旗袍的女人，跟电影里的女人一样好看。那个好看的女人就是母亲，只是当时不相信是她而已。

母亲抬起脸，看了我一眼说：“你要喜欢，就给你了，城里名裁缝用手工做的，大小也许正好合你的身。”

我摸着母亲这件珍惜的衣服，她几十年没机会穿，竟像新的一样，袖口和开衩，一针一线，均匀贴切，右襟边的丝纽扣，更是做得玲珑。

我对母亲说：“不必找那两块大洋。”

母亲却不理会我：“你爸爸让找就得找。”

重庆全是解放军，城里城外到处是五星红旗和歌声，解放军接管了整座城市。很快公私合营，接着“肃反”开始。有人捎来口信，母亲急着去监牢看大姐的生父袍哥头，没能见成，说是已经被枪毙掉了。母亲那天从江边回来，就病倒了。

因为父亲和我的母亲生活在一起，运动一来就引来麻烦。轮船公司的军代表对父亲说，你竟然敢和国民党军队合作，在我们解放这个城市时运军火支援蒋家王朝！原来被捕的国民党军官说出那艘船和那个不怕死的驾驶员，幸好他忘了说那两块大洋。军代表训斥父亲：你还娶了一个袍哥头的老婆，收留反革命的后代。

父亲对母亲说，我有千张嘴也说不清，冲不过去没命，冲得过去也一样没命。那年，先让他停职写检查，然后关起来。那个房子是个临江的吊脚楼，他凝视江上一艘艘日夜行驶的船，他的眼睛是从那时开始不好。灾荒年时眼睛扎针似的痛，最后从船上跌下江里，送进医院，查出了眼病，他的视力已到了不能开夜船的程度，被勒令离船回家。可以想象，父亲一生爱船，离开了船，他还能看见什么呢？

母亲从箱子里拿出一个包好的衣服，揭开来，是一层层白绸，两块银圆，色泽相当暗淡。

我合着绸子一起接过来。冰凉的绸子触及我的手，感觉到两块银圆沉甸甸，右边的一块有个小缺口，有点乌红，像时间烙上的印记。

当过娇太太的母亲，在生下我后，因为父亲眼睛有病，就只能出去做临时工，给人洗衣服，当保姆，在建筑工地抬石头和氧气瓶。有一次，母亲病了，从跳板上栽到江里，被捞起来，她第一句话就是：我还能抬。母亲怕失掉工作。

我们住在一个烂朽的大杂院，邻居差不多都是走船的，都渐渐搬走了，船员甚至看趸船的人都可以调换到一个条件好一些的房子，不用花一刻多钟上公共厕所，也没有附近烟厂吐出的污气，冲着我们的耳膜大吼大叫。风雨之夜，天井堵塞，雨水浸入房内。下乡的哥姐能不回家就不回家，这个鬼地方，街脏得无处下脚，无论是医院，还是菜市场和邮局，包括渡船公共汽车站，都离得远远的。

每年春节的团圆饭自然吃得不欢而散，父母知道他们的处境，在儿女面前直不起腰，不管儿女如何抱怨自己生错了家。

包括我在内，以前没谁看得起父母，觉得有这样的父亲就是一生前途无望的原因，升学、就业，更不必说参军、入团、入党和当官。他们很少回这个家，各顾自己艰难的生活，甚至彼此很少往来。谁都有理由，谁都可以把自己的失意和不顺归于这个家。除了父母，几乎没有一人喜欢我，邻居、老师、同学；多少年来，我的心不也和我的哥哥姐姐一样吗？

父亲这时从被窝里坐起来，说："给我看看大洋。"

母亲替他披上衣服，他咳嗽起来。我过去给他捶背。他眼睛睁得很大，直盯前方。一双枯瘦的手，长满老年斑，轻轻摸着银圆的边角，一手拿起一块对敲一下，仔细听那声音，说是真的。他的表情平和、安详，几十年来，他都这样对我的母亲，对他的孩子们，对身边的每个人，对那些朝他无穷抱怨的人，连一句回应的话也没有。

父亲对我说："到哪里，都得有几个应急的钱，这点银子能用上，也就值了。"

他把两块大洋放在我手心里。

半夜，母亲翻过身来，掖了掖我被子的一角，手轻拍着我的背："好好睡，六妹。"

我无法入睡。为了使母亲安心，我闭上眼睛。

清晨来得既快又早，我轻脚轻手地起床。从包里取出母亲给我的旗袍，里面夹着被白绸包裹的两块大洋，我把大洋拿了出来，贴在脸上，这是父亲用命和一生的痛苦换来的，曾一度，不，一直在主宰我们一家人的命运，还是让其陪伴父亲吧。我轻轻把它们放在桌子上，拿了白绸放在裤袋里。

父母熟睡着，发出均匀的呼吸声。我提着行李，轻轻拉开门，迈出院子高高的门槛时，脚步稍稍停顿了一下，但是我没有回头，我不能回头。

突然有人敲门，我一下子从镜子里回到现实世界里。是五哥上来取床上的木柴。他取了木柴就下楼了。

我看着镜子，镜子还是镜子，如果我拉住五哥，告诉他刚才我从镜里看见了以后发生的事，他一定不相信我。要么他会说我在做白日梦。

结果许多年后，我真的得到了父亲用命换来的两块银圆，母亲用白绸包裹着。我留下银圆拿了白绸，几乎是一路跑到了江边，乘第一班轮渡到对岸。江水摇荡着船，浪花不时涌进舱来，旅客马上跑开，以免湿了自己的鞋。我一动不动，任江风吹拂着我整个身体。

白头发女人

有雷声阵阵滚过天边，我起身，想掀开布帘上马桶。可是里面有人。我穿上衣服，出外去找公共厕所，门前全是人在排队，她们面色蜡黄，神情焦急，有的穿着拖鞋，我进去一看，里面臭气烘烘、苍蝇乱飞，三个蹲坑全有人，地上屎尿横流，也没法解决问题。我退了出来，看到一位中年女人在队伍中对我打招呼，她很像小时给我治过手的巫医。不过，她一点都没老，站在那儿，背挺得挺直。她说，“小妹妹，你急，那随我来吧！”

我们拐了好些巷子，最后到一个江边石崖前，她解了裤子先蹲下来，我跟着她蹲下来，解决了问题。

“你妈妈有一天会死的，她是一个好人。这世上人本质都是好的。有的人变坏了，有的人不变。”她说。

我跟着她朝山坡上走，拐一些奇小狭窄的巷子时，我发现时间在飞逝而过，可能是一年，可能是两年，甚至更多年，因为前面的妇人头发灰白，再一看全白了。

她转过身来，对我说："你看看我们周围的男女，特别是院子里的邻居钟伯伯，一结婚就在闹离婚。这哪成了！女人什么都要呀，男人也一样。人得吃饭，得穿衣，得睡觉。她不做家务，连折叠一件衣服都觉得麻烦，脏衣服、干净衣服全乱堆在柜子里。她不为他准备早饭，家里脏得一塌糊涂，也不做晚饭，等着男人辛苦一天回家做，稍不如意，就与他吵，脾气暴躁，还动不动打他耳光，撕烂他的衣服，衣服没得撕了，就砸家里东西，碗砸烂一地，威胁要烧房子，咒他不得好死。是女人，都不让他接触，男人与他往来也不高兴。他的时间得全为她，他过的不是人的日子，生怕老了会更可怜。他没有办法，只有叫回以前的太太。"

"以前的太太？"我加快脚步，与她并行。

她说，以前的太太从大老远的地方来，他来之前向她允诺，他要与现在的妻子离婚，说他是多么后悔，如何做错一事，要她原谅。她本不想夹在两人中间，想等他解决了离婚问题再来。可是他说，她得给他一个机会，让他对她好。她说他不要再骗她，否则她再也活不了。他保证。

于是她来了。他把她安排在一个朋友正巧空着的小房子里住，先让他的年轻妻子离开，她本是要去外出差。她离开后，他就换了锁。

他去接以前太太。最后两人回到他的房子。

故事就此进入高潮，他们住了两天，身体缠着身体，变换姿势做爱，山盟海誓，誓不离开，回忆以前的日子，互相忏悔，要求彼此原谅。以前太太帮他打扫干净屋子，帮他做饭，帮他泡茶，他感动地对她说，和她在一起，心里真踏实。他得知年轻女人要提前回来，就把以前的太太移回那个朋友的小房子，因为不能让年轻妻子抓个现行，那样离婚就难了。年轻妻子一回来发现锁变了，就向邻居借锤子砸开锁。进家门后，她马上检查家里的蛛丝马迹，看到枕头缝里的长头发，她对回家来的他哭着说：

“你找什么人都可以，却不能找她，我没有脸。”

他说：“我受不了你，我要搬走。”

他真的搬走了。

年轻妻子第二天就赶到他单位上去，要他回去住，否则她要自杀。他不听，和以前的太太在那个小房子同居起来。年轻妻子不能输给以前的太太，她不断地到单位找他，找他的领导，找他的妹妹，找他的朋友，一起给他做工作，让他回到家里。

每天她都对他说，她要改掉所有的错误，要对他关心温柔，一切听从他的，做一个好妻子。他受各方面压力，开始回家去。以前的太太要他实话实说何去何从，他不说，他放在两个女人之间的天平开始摇晃，最后，趁以前的太太出门买菜时，他从同居的小房子搬走了，一张纸条都没留。

以前的太太回到那间小房子，没有想到，是如此的结果，一口血吐出，吓了自己一跳。马上跑到单位去找他。找了一天，终于找到，他不理会她。她说：“你若是要走，与我说一声，不能这样行事。”

他不说话。

她哭起来，要死。他不放心送她回那小房子里。她一天没吃饭，躺在床上，他脱了衣服躺在她身边，他去厨房拿水。她突然来了力量，拿了他的钥匙，飞快穿衣，奔出门跑到他的家去。她以为那年轻妻子在那里，她只是想找她说个清楚，结果没人。他跟着追来，叫来派出所户籍警和年轻妻子的两个好朋友，说：“不认识她，要她滚。”

她非常震惊：“你怎能如此这样对待我！”

他要户籍警赶她走。

她对户籍警说：“我与这个男人是夫妻。”

他说：“她不是。”

“好吧，我是前妻。”

户籍警被弄糊涂了，要看他的结婚证。趁这机会，她操起门背后一个锤子，砸掉房子里的床和柜子、桌子，还有窗玻璃。他傻眼了，户籍警也呆住了。看了一下满屋的碎玻璃碴子断腿的桌椅，她走出房子。

她直接去了轮渡口，一进渡轮，她就倒在长椅上，不省人事。

“他们不会幸福的。”白发女人说。

她的声音轻轻地，轻得不能再轻。感觉有一扇门在我面前关掉，突然她不在了，巷子也不在了，好些房子在转着圈。

有人在不停地敲门。我睁眼一看，发现自己做了一个梦。可是梦里的两个女人并不是我的邻居，那个自私的男人，我也不认识。他是谁呀？也许在未来，等我长大，我会碰见他，可我情愿永远不要碰见他。

那是以后发生的事。以后的事谁能知道？

那个头发发白的女人是谁，我也不知道。

以后做梦，再也没梦见过她。但有一天，我经过江边河街时，看见人们在给一个满头白发的老太太做丧事。我认出她的脸。有人说，只要不停止讲死去的人生前的故事，那她就不会死。小小年纪的我，远远地站在石阶上看着她停止呼吸的身体，满心希望她不死。

二姐讲的故事

好像是我十八岁那年春节吧，姐姐、哥哥都回家来。母亲加班，父亲要大家等母亲回来吃年夜饭。大家坐在桌子前等得无聊，四姐提到多年前大家在六号院子外的空地听邻居讲故事的事，说要是能回到以前多好啊。

三哥对二姐说："你看书不少，又是一个小学教师，必然会讲故事，今天你给我们讲一个吧。"

二姐不愿意，推来推去。

大姐说："我来讲。"

三哥说："等二姐讲了，你再讲。"

二姐一看推不掉，就只好讲了："好吧，我讲一个故事。"

住在山城重庆市中区一号桥的少年明，母亲病逝后，跟父亲和两个妹妹搬到附近的枣子岚垭，那石坡上有一所幼儿园。

中年女子媛天天经过他家门口。她音乐学院毕业，拉大提琴，因为家庭成分不好，只能在幼儿园当老师。在十二岁的少年眼里，媛的美是清清爽爽的。听说她亲生母亲是日本人，20世纪50年代时被驱逐出国；父亲当时气疯了，跳江自杀，被人救起来。但没隔多久，便郁郁而终。

孤独的少年暗恋媛，觉得她像母亲，先是畏畏缩缩地与媛没话找话说，她都不当一回事，直到媛发现丈夫另有新欢，才发现少年的存在。他问："你眼睛怎么是红的？"

她站在石阶上，对他说："因为我哭过。"

"为什么呢？什么事呀？"他关切急了。

于是媛对少年说起丈夫变心的事来，她痛不欲生。少年安慰她，她发现他眼睛敢正眼瞧她，不仅如此，他的眼睛非常明亮。

两人自此之后，经常碰面，少年耐心地听媛说自己的伤心事，给她准备着手绢，她哭得最厉害时，他也不过是拉着她的手而已。

就在媛与丈夫准备离婚的当头，媛的亲生母亲终于找到她，并要带她离开山城重庆去东京；丈夫回心转意，与媛修好。

明在那个夏天等着媛来见面，但是媛没有来。她悄悄地走了，从他的生活中消失了。这好像是一个梦。明发誓要去东京，再见到他心中的爱人。他几乎每天夜里都梦见一个红衣骑士，从窗前飞入，说是要带他到另一个世界去。

五年后的春天，明十七岁，因为不上课，热衷于写诗，与父亲大吵一顿，离家出走。无奈中他想起媛，想起她每每经过门前的身影，她温和的手指，湿热地握着他。那欢悦，让他想起自己的誓言，他决定去东京找媛。

于是他找到媛的丈夫的家里，没费神就找到媛在东京的地址。

明混入一艘开往横滨的货船，只身一人到了东京。漫天开着红红的樱花，他感觉自己的身体在这耀眼的花海中飘飞，他就是自己梦中的红骑士。

明当然找不到媛。只得给人干黑活洗盘子，苦学日语。一年后，又是樱花灿烂之时，有一天坐地铁，明发现报纸上大黑字旁，是一个女人的照片，一绺飘逸的头发几乎挡住了她很美的眼睛，照片透出他从小就熟悉的那种气味。她该是四十多岁的人，但就是不显老。报上说她在饭店拉大提琴，杀死两个儿子、丈夫和丈夫的情人，然后自杀。

明震惊了，直觉告诉他，报上的女人是媛。他摇摇头，无法相信那杀人者是她。他开始一系列的寻找。他找到出事地点，一个大宅子。好不容易说服看门人得以进去。凶宅已空荡荡。等他走出那儿时，他的双腿无力发软，媛的确杀了人并自杀了！

回望那幢大房子，媛母亲的遗产，他还是不能把媛在日本的生活完整地拼贴起来。

他坐在房前的石阶上，好像从十二岁以来的压抑与苦闷都如满树樱花，仅仅几天就凋谢了，不经看，也不经留。他有个感觉，媛并未死。

看门人不说话，可怜地看着这个自称为媛的表弟的人无语。他又不敢去处理惨案的警察局：因他是黑着来日本的人，也是黑着待的人。

他好不容易与在那个警察局做清洁工的人做了朋友，由他帮助混入警察局。夜里无人时才翻找出档案。查明媛确实未死。她杀人后，自杀，却被救活，但是疯了，关在一个精神病医院。

他还是以表弟的身份去看媛。她失去了记忆，一点也记不起他，对他奇怪地笑着。

从旁人的嘴里得知媛的丈夫到达日本后，因为语言障碍，找不到工作，只得去背死人；她呢，因为母亲的后夫是个病人，不欢迎她们一家住那。媛无法，只得租房，到饭店拉大提琴。丈夫背死人到停尸房，发现每天都有好些不错的死人衣服被扔掉。他把那些本该倒到垃圾车的衣服统统收走，成批运回山城，让山城的朋友卖旧货。那些衣服价廉别致很受欢迎。没多久，山城有一条街都在卖她丈夫弄回去的旧衣物。丈夫发财了，开始旧病犯了，在外找女人。没多久，媛的继父死了，母亲接她回去住。丈夫不准，而且大骂她的母亲，问她母亲当初为何不敢留下他们住下，是个窝囊废。气得媛与他分房而居。

母亲很伤心。不过母亲是老死的。媛一家搬到大宅子。

她想返回家乡重庆，可是丈夫不肯。甚至不让她到外面去工作。丈夫把情人带回家来，她稍有不快，他便动手打她，咒骂她已是亡灵的母亲。有一天她再也不能忍受，做了那件震动全日本的事。

这天媛的病情严重了，明却觉得她认出了自己。他去看她时，她对他格外温存。回光返照，他说。真是，她对他说，你让我死了吧。

“我要娶你，用轿子来抬你。”那是明十二岁时发的誓。当时他幻想有一片盛开的花海，那轿子在花海中穿行。明哭了，想自己一直念着的是这么一个女子，竟然完全不知他的感觉，也不知这些年他都在为重新见到她而活着。好不容易找到她，她却是这样子。他绝望透了，觉得生不如死。他看见对面的小山坡上，樱花落了一地，还有几枝正鲜活地怒放着。突然，红骑士出现了，站在窗前。红骑士说：“嘿，小伙子，走吧，跟我到另一个世界去！”

一周后，东京的报纸报道，著名女杀人犯昨夜突然死在医院一个小山坡上，死因不明，像是被掐死的，脖颈上有手指印。警察局怀疑是一个少年，却发现那个少年失踪了。

同时，山城重庆一家报纸刊登了一则寻人启事，一个父亲在寻找失踪一年的儿子明。

二姐讲完了，我们都没说话，大家知道她讲的故事，才发生不久。我们之前也听过一点点。这种真实故事，人嘴相传，比风跑得还快。

她的眼睛看上去十分悲伤。那是我生平第一次听二姐讲故事，她讲得比专业说书人一点也不差，尤其是她的语气冷冷的，仿佛故事跟她毫无关系，越是这样，越能打动人。

大姐说："我来讲个农村里的鬼故事吧。"

大家洗耳恭听，这时母亲推门进来。于是我们开始热了冷菜，一家人坐在桌子边，吃年夜饭了。母亲说，我们得先敬祖先，二敬外公外婆。敬过之后，母亲说，动筷子吧。

梅与菊

两个女孩都是八岁，一个叫梅，一个叫菊，都是独生女。在同一个幼儿园认识，上到小学二年级都未真正生过对方一次气。她们很要好，天天结伴而行。

梅与母亲住在野猫溪小学边上的那条街上，父亲在长江上游的宜宾驳船上当水手。以前，都是他回重庆家来过探亲假，这年暑假他让母女俩一起来宜宾探亲。看着菊依依不舍的样子，梅拉住母亲的手，非要带上菊，一起去看父亲。

经过一番折腾，梅的母亲带两个女孩顺江而上，坐船到了宜宾。

那是个炎热的夏天，江水里游泳的人很多。梅的母亲守着菊，看着丈夫教女儿游泳。梅学得很快，本来就会大半，有父亲当教练，学得很认真，不管蛙泳还是仰泳，都学会了。

他们住在离江边不远的小旅馆里，走一刻钟路可到梅的父亲驳船停泊的江边去。趁着大人午睡，梅和菊牵着手来到江边，在沙滩上走，浪花打着她们的裙子。梅说："游泳不是那么可怕的事，只要用心学，就会游的。"

"真的吗？"菊说："那你当我的老师吧。"

于是，梅教菊游泳。

沙滩柔软，水波一浪一浪涌来。天上的云朵移近。菊学得很快，会游蛙泳一小段了。两人并排在浅水区游，梅胆子小，不肯游到深水区，也不要菊游到深水区。

好几天两个女孩都是如此。

这天下午，梅的父亲陪着两个小女孩到江边。可是他刚下水，就遇上了朋友，把他叫到岸上，两人抽烟，叙起旧来。

梅教菊游仰泳，菊学得认真，跟在梅身后游成一条小鱼了。两个女孩子很高兴，一时竟然到了深水处。就是这时，她们听见梅的父亲在叫嚷什么，女孩们听不清，一看他那样焦急，才发现自己在深水区，她们慌了神。梅很快就朝岸上游去，菊因为紧张忘了怎么游，她手脚乱蹬，身体直往水下沉。梅掉头朝她游去，她的父亲也扑进水里，朝菊奔去。

菊被救起来，放在沙滩上。梅的父亲给她倒水，做口对口的救治，捶她的胸口，她就是不吐出水来，脸苍白，嘴唇发紫。

菊的尸体运回重庆来。菊的父母抱着女儿的尸体哭得死去活来。他们恨梅，更恨梅的父亲。梅每天去看菊的父母，他们不理她。

梅每天放学都去菊的家里，一直上完小学，上完初中，进了高中，都未停止过。这一天梅肚子痛，送进医院，是急性阑尾炎，要开刀。菊的父母这天没有见到梅，两人慌张起来。他们到梅的家里打听，听说梅住院了，跑到医院来。原来他们已习惯了梅每天去他们家。这是打菊走之后，他们第一次和梅说话，在心里，他们已习惯了她的存在。

新邻居

天井南侧的屋子搬进来一个年轻女人。

她在中学街后面的塑料五厂上班，听说我们六号院子有这么一间闹鬼的房子空着，就去找有关部门。得到房子钥匙后，她把房子上下掸了一下灰尘，贴了好些才过不久的报纸。

我们家过年才贴攒了一年的报纸。她倒好，弄了那么多报纸来贴。

商妈家位于我们院子第一户，什么人进来，她首先看到。她对那年轻女人自我介绍后说："以后有什么事要帮忙，千万不要客气。"

年轻女人说她叫玉青，在塑料厂当样板技工。她说她爹妈住江北，她不想每天上班下班坐轮渡过江，也不想住集体宿舍。

商妈听着，笑了笑。样子很怪。

青玉说："闹鬼是吧，我这人还真是怪，从小能看见鬼。没事的，鬼只找怕鬼的人。你看我用报纸贴墙，干净就没问题。”

商妈不等她请，就进那南屋去看。我跟在她们后面。那屋子经青玉一收拾，看起来还真的不错，窗子敞开，屋里不像以前那么阴暗。有一张床，小木桌下两把凳子放得整整齐齐，还有一口箱子，打开着，里面是换洗衣服。

商妈说：“东西不少啊。”

青玉说：“就是。”

青玉的小灶在大厨房最边上一个，显得更小。她做了稀饭，吃了豆腐乳，就草草洗了碗，关上房门和窗子，十分钟后就熄灯睡着了。

第二天她很早就去上班了。

回家也是吃得同样简单，也是睡得特别早。在我们院子里，人睡得早不算稀奇，大都干体力活，一天下来，到家连骨头都散了，躺下就起不来。可是青玉的工作不是那种体力活，她是技工，按照设计师的设计做塑料凉鞋模型的。就算是累了，也该出来和邻居们摆摆家常什么的。自知是新来的，得与邻居们套套近乎，可是她不。

商妈和陈婆婆说：“你看，青玉睡得特别早，是不是有喜了。”

“可是她没有结婚呀。”

第三天青玉也是睡得很早，早上起来也不吃饭，眼睛红红的，像是没睡好的样子。当她下班回家，刚打开房门，陈婆婆就给她端去一碗小面，里面有青菜叶子，香喷喷的。可是青玉说："我肚子不饿。"

商妈说："你不要，我可要，我最喜欢吃陈婆婆做的小面了。"

青玉说："你吃吧。"

"那你吃了吗？"商妈问。

青玉点头说："我吃过了。"她站在那儿，手拉着门，明显是要关门了。

陈婆婆回到堂屋里，叹了一口气说："准是中邪了，你看她气色那么差。"

我耳尖，听见了，从青玉住进院子，我就对她好奇。好不容易等到天黑，院子里好些人从堂屋、厨房和天井各进各的屋子里，睡觉了或准备睡觉了。我走下阁楼，悄悄到她的窗下。吓我一跳，里面有低低的男人说话声。这怎么可能？

还有青玉浅浅的笑声。

青玉有对象了，原来如此。

这么说，她有对象了，就会有喜，怀孩子。

这么一想，我就不想听了，万一被人发现我偷听，告诉父亲，那可不得了，父亲最讨厌我们家孩子这么做人。

我赶快回到阁楼上继续睡觉。

接着好多天，青玉都没有吃晚饭。几乎每天早出晚归，与我们院子里人都不打照面。商妈对丈夫说：“你看人家过得多有个性。”

可是这天有人来院子里打听青玉的下落。商妈和陈婆婆最感兴趣，一问来人，是青玉塑料厂里的干部。商妈说：“她的确住在这儿，她不是去上班了吗？你怎么问到我们院子来了？”

“她旷工一周了，也没请假。我们去她父母家问了，才知道她住这儿。”来人解释。

陈婆婆一听，拍了一下自己腿：“她肯定是跟人跑了。”她看了一眼商妈，“我们都以为她怀小孩了，夜里还听到她屋子里有男人的说话声。”

来人说：“你们越说越离谱。”他被弄糊涂了。

他们三人的对话，早就吸引院子里的邻居跑到天井里来了，人多嘴杂，主意也多。最后大家一致决定报案。不等报案，早有街委会管事的，把户籍警领来了。

户籍警听了情况，决定破门看看青玉留下什么东西没有，这样也可知道她是永远离开，还是短期走掉。门一打开，一股呛人的气味扑来，得捂着鼻子才能忍受。我跟着其他两个小孩想往里窜。户籍警马上说：

“不要让小孩子进来！”

里面床上青玉死得硬邦邦，尸体已发臭了。

所有的人都傻掉了，谁也没有想到。连一向最神的陈婆婆也未料到。她说：“我觉得青玉不吃只想睡，是中了邪，没想到她丢了命。原来她是跟鬼恋爱上了。只有爱上鬼，才会这样啊！”

殡仪馆的人来了，在青玉身体上盖了一层布抬走。她的爹妈跑来时，屋里已没有青玉了。他们哭得叫天喊地。

我没有看到青玉最后的样子，也不懂与鬼恋爱是怎么一回事。青玉那低低的笑声，仿佛在我耳边响起。她死前好高兴，小小年纪的我也能感觉到。

天井的南屋从那之后，再也无人敢住进去，被封死了。日子一久，门渐渐烂朽，各家人索性破了门，往里放些杂物，倒也无任何怪事发生。

父亲的生日

父亲是1917年6月1日出生，是儿童节，父亲从未吭过声，也没有人告诉过我。

母亲长年在外做体力工作，患眼疾的父亲不能在船上工作，他回到家后，把母亲的角色接过来。家里的正房好冷，房间有时白天也需要点灯才看得见。父亲给我穿衣服，那种背带裤，是哥哥姐姐穿过的，扣子眼小，父亲要来回试好几次才能把扣子扣上。我那时三岁多，记忆中，父亲站在床前，我把手搭在父亲的肩上，他给我穿好衣后，教我穿系带子的鞋子。

我下床来，穿上鞋，可是怎么也系不好带子。他又示范一次。

我做到了，他朝我伸出大拇指。

38中学堂的钟声响起来，有节奏地响着，我听得见窗外上学的孩子急促的奔跑声。“爸爸，我什么时候上学？”我问。

他说：“没有多久了。”

"我是不是三岁多？"

他点点头。

重庆夏天炎热难熬，稍不留意，剩下的稀饭会馊。父亲舍不得扔掉，就拿来发馒头发玉米糕。他洗净铁锅，倒入一碗水，把和好的玉米粉用手拍成薄薄的圆饼，沿锅壁一一摊好，盖上盖子。他守在灶前，腾腾热气冒出锅盖后，他倾斜锅，每隔一分钟顺时针转动一次。直到锅底水干掉，父亲才用锅铲翻面。

果真如他所说，三年多的时间，对我来说，真没觉得有多久，终于背上书包上学了。一年级，我过了第一个儿童节，和全班同学一起被老师带去革命烈士墓前受教育。

小学二年级，儿童节这天，正巧二姐在家，她说："今天也是爸爸的生日。"

"爸爸，我们要不要过生日呀？"我问。

父亲摇摇头，就到厨房去了。

想到这天是父亲的生日，我就到学校后山去，扯了一束野蔷薇花，下山坡来。那里有户人家，养了一只很凶的大黄狗，跟着我追。我把吃奶的力气都使出，还是跑不过它。面对朝我扑来的大黄狗，我一下子蹲在地上，没站稳，跌在地上，腿顿时划破皮，流出血来。那大黄狗围着我打转，我只好闭上眼睛尖叫。

我的叫声引来狗的主人。他喝住大黄狗，把它赶进屋里，关起来。没一会儿他拿来水和碘酒给我擦洗伤口。

我试着站起来，腿直打战，又痛又麻，不能走路。他说：“你只是擦伤，过几天就好了。”

我放下心来，朝前走，果然还能走。

回到家，我把野蔷薇递给父亲，对他说：“你生日。”我没祝他生日快乐，但我的意思他马上明白了。半个小时后，他叫上我，带我上八号院子前的石阶上坐着。他第一次告诉我，他开过的船像什么样。江上正在行驶的一艘拖轮，后面跟着一个货轮。他把手举了起来，对着江面点了点说：“跟我以前开的船差不多。”

我朝那艘拖轮看，想象父亲在上面的情景，他在驾驶室，我坐在他的边上。这时父亲说：“本以为你三哥可以接我的班，在长江上开船，当一个船长，谁料他会被送到农村去，当知青。”他叹了一口气。

长这么大，我与父亲说过的话，整个加起来，也没有那一天的多。想来是我那束献给父亲生日的野蔷薇，触动了父亲的心。

李二嫂

我家隔壁邻居李二嫂是个大嗓门，虽是一墙相隔，她家发生的一切，全听得清清楚楚。李二嫂原在汉口一个小餐馆当服务员。丈夫李二的腿尚好、能走船时，路经汉口进餐馆吃饭时认识了她。等到船驶向上海，又从上海往重庆开，经过汉口时，李二向她求婚，她想了想，就答应李二，做他老婆。

李二后来腿受了伤，就调在长航局做收发。

两人本没有多少感情，这样天天待在一起，反而生出感情。李二说，老婆你的手嫩如笋尖好看，你得好好爱惜。

李二嫂听从丈夫的话，洗碗也戴上了手套，早晚擦友谊雪花膏，手指尖是重点，甚至一条小小的缝都不忽略，养出一种天然的健康白皙细长的手指。

房间里点了盏小台灯，李二嫂坐在床边织毛衣，丈夫取掉她手里的东西，把她推到了床上。他亲吻她的手指，把脸贴在上面，嘴里含含糊糊喊着一连串小猫小狗的词儿。

他抱着她翻了一个身，她在他上面。她扭着头去亲吻他的腿。他激动起来，重新把她压在身下。她的手抓他的肩和腿，他紧闭双眼，发出呵呵的叫声。

终于他做完了，从她身上下来，喘着气说："这次真舒服。"他从桌上取了镜子来照背上一条条血红的抓痕。

她没吱声，心想，这算是做那事？

他在刷牙，水管里的水哗啦啦地响着。街上几乎听不到人声喧闹，都待在茶馆改的居委会活动中心看日本电视连续剧《望乡》。

"你以后不用做任何事了。"他拉上被子，打着哈欠说，"我要好好养着你这双手。"不一会，房间里便响起他的鼾声。

她的视线里有一个小黑点，牵引着她，最后停在白白的天花板上。她躺着，一颗颗纽扣慢慢解开。她开始抚摸自己的乳房，把手伸入双腿之间。

但是她的手发烫而笨拙，她没法达到高潮。于是，她悻悻地站起来，走到桌边，从抽屉里拿出剪刀，要剪掉这些使她恨恨不已的手指。铁器的凉意使她突然清醒过来。"真该死。"她骂了一声，小心放下剪刀，回到床上。

科长大人

在九三巷和中学街，官做得最大的人，就是八号院子的谢科长。他本在港务局下面的一个科室里做小打杂。突然有一天局里传达了毛主席的指示：“凡是知识分子成堆的地方，不论是学校，还是别的单位，都应有工人、解放军开进去，打破知识分子独霸的一统天下，占领那些大大小小的独立王国。”

他一直做跑腿的，被人差来使去不开心，一看这是机会，就马上报名参加工宣队，被局领导批准了。他和工宣队进驻一所大学，带人到每位教师家里搜查“封、资、修”的东西，并且把学校图书室保存的线装古书说成是封建社会残渣余孽，全部清除，送去造纸厂当纸浆销毁。这么卖力工作，他得到了提拔，升成工宣队副队长。等他回局里时，便升成科长管材料。官是我们这片最大的，虽在单位里不算大，但权力很大。很多人想弄材料，都会求他。他接的礼品和得的好处不少。

人一旦走运，走在石板地上，也跟走在摇晃的跳板上一样轻飘飘的。

江边有一个老头在卖菜刀。买的人不少。

他凑热闹也买了一把，回家在菜板上试，刀锋利得发出一道寒光，他觉得有点惊心。翻出一张牛皮纸包好菜刀，放在床下。夜里做梦总梦见这刀向他靠近，搞得他半夜起来，将刀移到碗橱里。清晨起床，头一件事是在屋子四下遛一圈，直到把刀压在厨房边装煤球的筐子底下，才松了一口气。

又是一天，谢科长下了船，走完长长的沙滩，抄近路走过缆车道，再上大坡长长的石阶，就是八号院子。

“谢科长呀，今天回来得真早！”邻居笑嘻嘻和他打招呼．似笑非笑的神态好像在嘲讽。快步上石阶使他的心跳急促，此时跳得更厉害了。

妻子上夜班，现在在家休息，房门关着。他轻轻闪进厨房，弯下身去，从装煤球的筐子下抽出那把菜刀。他扔掉包的牛皮纸，刀两面涂了一层黄亮的保护油，刃上反射着逼人的凶光。他提着刀，像个影子慢慢靠近房门。

门上几乎找不到一条缝，但在离门不到一米的木板墙上有个小裂口，他蹲下高大的身子，对着缝往里瞧。过了好一阵，他被阳光迷糊的眼才看清。

窗帘的透光像一支画笔勾勒出房内两个人的身体：光裸的乳房

与嘴部在黑暗中微微反光，结实的大腿，在他跟前如鳗鱼那样起伏、有力。他的心咔嚓一下裂成几瓣。里面的叫声有意压低似的，时不时停住，时不时哼哼。他紧贴着墙的身体穿过一种熟悉的颤抖，致命的颤抖，手里紧握着的尖尖的菜刀却在怂恿他扑向他们。汗珠从脸上沁出，背心开始湿腻腻地贴在背上，他拿不准是否应冲进房，那种被人在床上抓住的滋味他尝过，而且是同屋里那个女人。他看不清她的脸，但他知道她的嘴一定半张开：双眼微微闭着，像当年躺在他的怀里一样，他置党籍、官帽于不顾，被她迷住。结果跟她结了婚，却落到现在这个地步。他知道这个女人的魅力．他的牙齿锉得吱吱响，他感到手中的刀自己举起来了。

哐当一声，那把菜刀掉在地上，房内传来妻子一声惊叫："谁呀？"

他猛地冲出了厨房，奔下去渡口的石梯，眼里噙着泪水。黄昏的渡口，正下着刚到岸的乘客。他转过身，用背对着他们，从衣袋里掏出一支烟。颤抖的手几乎挡不住河滩上的风，但他还是点上了火。

鸡汤的诱惑

杨妈正在洗碗，眼偷偷斜过去，看到灶前的李二嫂把鸡汤盛入碗里。斩成块的乌脚鸡，周围漂了一层黄津津的油，还有几片当归浮在汤中。李二嫂盖上砂罐盖子，刚刚迈出厨房的门槛，边上有人轻轻一句："成天关到屋里头，也不晓得做啥子事？"

"啥子事？猫儿狗儿做的事嘛！嘻嘻。"婆娘们一阵哄堂大笑。

杨妈听不惯这些脏话，脸有点发红。她取下围裙，挂在碗柜旁的铁钉上，回了自己房间。木板墙那边李二嫂故意大声嚷："怪糟糟的，每回炖汤，不是鸡腿不在了，就是汤淡稀稀的。遇到了，好有脸说，我帮你搅一搅，汤才能出味道。那天弄的鸽子枸杞，煮了半天，锅里只有丁点儿汤。气死人了。"

杨妈鼻子里哼一声："你龟儿念啥子经，你男人有本事，钱都花在吃鱼吃肉上了，显啥子相。"她看不惯李二嫂，特别是李二嫂背地里指桑骂槐的泼妇样子。大厨房里人多，煤球、柴火、油盐酱醋丢失是常事，有什么办法呢，供一个灶神菩萨嘛。她靠抚恤金过日子，不要说吃鱼吃鸡，吃点肉她也只往儿子碗里夹。

杨妈一看时间两点了，忙叫在堂屋下军棋的两个儿子去上学。他们走了之后，她去厨房端了一盆水，她有一种被人盯着的感觉，这使她极不舒服，鞋也未脱就翻身上了床，她想打个盹，就扯了件衣服盖在脚前，便迷迷糊糊睡觉了。

“要得。早点去早点回来，别忘了买个蛋糕，孝敬孝敬。”像是李二嫂的男人在说。

杨妈睁开眼睛，李二嫂穿了件印花布衫，头发梳得光光滑滑的，一扭一扭地从她门前经过。看来是给老娘拜寿去了。“生不出娃儿的婆浪，腰就是细。”杨妈揉了揉眼睛，想到老大老二快放学了，起身准备晚饭。不知是过了做饭时间还是太早，厨房里冷冷清清的。

杨妈嫌光线太暗，便拉亮了电灯。她将米淘了，蒸上，然后坐在矮凳上理空心菜，肚子咕咕叫起来。从她身后飘来鸡汤的香味，她咽了咽清口水，终于拿起一个碗和勺，朝文火炖着的鸡汤走去。

汤实在太烫，杨妈吹了吹，喝了一小口，鸡汤有股奇怪的香味，她美美地舒了一口气，却听见身后有个声音在说“喝得好，喝得好”，她转过身，却是李二嫂的男人。

她吓得几乎呛住，他却神情和气极了：“像你这么好看的女人才配喝。” 杨妈脸不再红了。李二嫂的男人有只腿不是太方便，长得魁梧，脾气好，从未见他打骂老婆，与院里其他男人是有些不同。杨妈弄不清楚自己怎么坐在了李二嫂家的桌子前。

“随便点儿，菜吃不完，倒了可惜。” 李二嫂的男人不停地说。

桌上除了一大碗鸡汤，还有许多菜，她不安地坐在那儿，碗里是李二嫂的男人给她夹的一对鹌鹑蛋，亮晶晶，香喷喷，辣透了心。一口酒下肚，人便活些了，周身渐渐热了，烫了。

“女人吃了鹌鹑蛋就不一样！” 李二嫂的男人柔和的目光，在杨妈看来，像她自己的丈夫。她想躲开，可周身的欲火紧紧地包裹着她，她想动，但动不了。

直到李二嫂的男人在她身上做完事，杨妈才起身穿好裤子。

她往自己家走去。

那天晚上，杨妈在洗脸架前洗脸，漱口，用了比平日多一倍的时间，像要把什么东西洗掉似的。隔壁房间里传来李二嫂进门与男人打招呼的声音。

杨妈回过头看了一眼两个熟睡的儿子，心想，像自己这样的女人，还是守着自己锅里的好。她脱下鞋，一双脚伸进盆里，水却早已凉了。

私情

又到梅雨时节，后院小天井下挂着一条条雨线，房内几个大小不一的盆接着雨水。妞妞妈几次找房产科，都未解决。她把床挪了挪，避开漏水的地方。楼板被敲得梆梆响，她跺了跺脚：“闹什么，天在下雨！”楼下的女人离了婚，进出都是男人，名义上都是亲戚或是老同学。

妞妞的爸爸出差前还叮嘱：“妞妞十六了，学习重要，得多留心照管。”她当然明白丈夫的另一层意思：少跟楼下女人接触，怕女儿学坏了。

“爸爸还不回来。”妞妞坐在灯下做作业，咕哝着。

“就这两天回来，不是告诉你了吗？”她将盆里的雨水倒入木桶，提出房门。

本想提到大厨房的水洞倒掉，可是心里对楼下女人就是好奇，她故意绕道，下楼倒水。她不喜欢街坊邻居间吵架，也怨自己无能搬出这儿。

才七点不到，楼下女人的门已紧紧闭着。妞妞妈皱了一下眉头，将一桶水倒入后院小天井的水洞。待她重新踏上楼梯时，楼下房间里隐隐约约有音乐声。她停在楼梯口，听了一会儿，像是舞曲。

夜里妞妞妈和女儿睡在一起，怎么睡也睡不着。她没有开灯，怕影响女儿休息。床那头天花板的滴水声，渐渐轻了些。

楼下不时有东西翻倒的响动，她骂自己沉不住气，总在猜测那响动的原因。

天刚亮，妞妞妈便醒来了，去给女儿买早点。本来是朝大厨房走去，结果下了楼梯，她想起这一夜的折腾、不安，心里来气，便贴着门缝往里瞧：黑乎乎，看不见，却觉得有种怪味。

“煤气！”她意识到这两个字时，一下扔了篮子和雨伞，用全身力气撞门。幸好门框不正，弹簧锁被她顶开，她冲了进去。一股煤气味扑了过来，她用手捂住鼻子和嘴。床上并排躺着两个人，没盖被子，衣服穿得整整齐齐。她奔过去，突然像见鬼一样缩了回来。房间收拾得很干净，连接小厨房的门敞开着，原来煤气味从那儿涌来。她转过身去，快步离开这房间。把门重新锁上时，她再次朝床看了一眼：床上两个人的手紧紧握在一起，她的丈夫一脸安详。

屋子里没有放音乐的东西，奇怪，自己怎么会听见音乐，而且居然能听出是舞曲！

妞妞妈一步步爬上楼梯，回到自己的房间，她手掩着脸，全身一直在发抖。而窗外依然细雨蒙蒙。

食莲者

母亲在忠县关口寨的老屋，窗口正对着一片水田，田里生长着莲花。下雨时没戴斗笠，顺手摘下莲叶盖在头顶，赤脚跑回家。那时她四岁。

那是第一次外婆要缠她的脚，她不愿，悄悄松开了。被发现后，又被缠上。

外婆走开，勒令大哥看住她。可她还是趁他不备，解开了。一眨眼，她成了一个有模有样的少女在雨中奔跑。

家里不管是做稀饭还是蒸菜饼，都喜欢摘几片莲叶放上，饭菜有莲的清香。这些天来母亲吃不下睡不好，因为外婆要把她许给一个从未打过照面的小男人，她十二分不情愿。她被关在屋子里。天黑了，她颤颤巍巍地打开窗子，这窗不太高，要翻过去，必须小心，因为外婆耳朵尖。等母亲翻过去时才发现自己什么都没带，她又翻回去，把外婆准备给她做嫁妆的蚊帐带走，慌里慌张，结果翻窗落地时脚扭着了。

母亲没有给我讲过这往事。大姐去过母亲的老屋，她听母亲讲，又听舅舅们讲，然后讲给我听。母亲抱着蚊帐、顶着莲叶往县城跑，往江边跑，那儿有轮船，可以载她去远方，去了远方就可以不用嫁给那个男人。

母亲搭上了轮船，果然她的命运因为这艘船而改变：有了她前往重庆，才有了我们兄妹几个。

母亲、二姐、四姐还有我，我们坐在一辆黑色的马车里。马车行驶飞快，母亲紧紧抓着二姐四姐的手，和我说着话。突然马车停了，姐姐们大叫："妈！"

大姐昨天做了这个梦，当时她说完大哭。大姐说她后悔之前不听母亲的话，才让自己吃了那么多苦，走了那么多弯路。

我总是梦见从前的南岸六号院子，天井里的青苔，大木门吱呀的开关声，堂屋里的门槛被人磨得光滑发亮。雨下起来，雨声中夹有家人的训斥："快洗干净家什，擦干净，等会儿妈就要回来。"

我戴着斗笠在天井里用雨水洗着家什，心里充满期待，天冷手冻，也一点儿不觉得，因为母亲就会回家来，但是我洗了家里所有能洗的东西，仍然没有见到母亲的身影。

梦醒了，我起身坐在床上，突然明白：母亲是永远不会回来了。

害怕成为一个大女人

在大饥荒年接近尾声时出生的我，脸无血色，头发尤其泛黄，浑身瘦骨嶙峋。可是八九岁时，乳房不顾一切地生长起来，先像花骨朵一样，我觉得奇怪，一按隐隐有痛感，没隔多久，色泽便变得鲜红，又没隔多久，那花骨朵就像蒸笼里的米糕发起来，要撑破衣服似的，弄得我非常害怕，不敢告诉母亲。我偷偷用布条把胸口一层层裹起，紧得透不过气。

一人到长江边时，我才悄悄地将束胸的布条解开，使劲呼吸。迎面吹来的风，含着沙子扑打在我的脸上，冷而粗糙，毫无色彩。

江水浩渺，浑浊，漂满垃圾，静静地流淌。

有天傍晚，吃过饭，只有母亲、二姐和我三人还坐在桌子前。母亲问我："为何弯着背？"

我挺起了胸。二姐在一旁说："她呀，还用布条把胸缠起来，以为我不知道。"

我吓了一跳，母亲更是吓了一跳：“赶快解开布条，你找死呀。”

没法，我只得当着她们的面脱了衣服，把缠在胸上的布条取了。

“要是乳房长不大，你以后就麻烦了。”母亲说。

“我害怕。”

“害怕什么？”

“害怕成为一个大女人。”这是我的原话。

“女人大了怎么啦？”二姐插话。

“可怜！”我的话吓了母亲和二姐一跳。

“女人是生养小孩的机器，女人在家里当不了家，还要在外做重活。可也有女人例外。”二姐笑了一下说，“莫非你想当男人。当男人就不能要乳房。”

我点点头。

母亲看了我一眼，说：“想当男人也没那么容易，到时男不男、女不女，活起来更难。”

“你是说后街上那个阴阳人？”我马上问母亲。

母亲说：“那是生下来如此，是病。让人好同情。”

“为什么呢？”

母亲叹口气说：“长大你便明白了。”

以后母亲经常检查我是否再用布条缠住胸部，她很少关心我，却对我的乳房这么在意，反倒让我觉得母亲是另有原因。什么原因，我不得而知。那时我一心想着母亲是不爱我的，我叛逆她，一心和她对着干。

有一天六号院子的翁妈妈住院生病了，说是乳房有病，被切除。出院后，我看着翁妈妈没有乳房的平平的胸部，整个人是那么不快活。丈夫经常喝酒。没过多久，她一个人在家吃老鼠药自杀了。

看着她家两个女儿伤心欲绝地哭，我有点懂了，母亲为何那么在乎我的乳房的生长。那时我上初三，看的书多了，有本书里说，古代那些英雄男子汉最爱两件事：一是骑在马背上；二是躺在女人的乳房上。

没多久我来例假了，渐渐明白男女之事。我喜欢照镜子，阁楼里无人时，对着镜子，我撩起衣服来看自己的乳房，像两个小小的茶碗盖，乳头红红的，更是好看。手摸在上面有快感，脸会不由自主地红。

可能是由于常有那种快感和抚摸，我的乳房比三个姐姐都长得大。有一次我睡着了，听着她们聊天说，嘿，六妹的乳房长得跟妈妈的一样，比我们大。她们说着笑了起来。

18岁时因为爱上了人，才明白乳房对一个女人意味着什么，感觉那是女人整个身体曲之美的灵魂。没了乳房，女性身体，总是处于孤单无助，仿佛没有归宿。

事隔多少年，仍然记得，那个爱我的人第一眼看到我的乳房时，感慨地说："老天呀，还是眷顾你的。你瞧，你有多么美的一对乳房！"他带我到镜子前。镜中的那对乳房，挺拔饱满，像快熟将被摘下的果子那么诱人。因为害羞，我仅仅看了一眼，脸便通红，赶紧扭过头去。

男孩

夏季来临，游泳和乘凉的，会使通向江岸窄小的石阶变得拥挤。石阶一边是峭岩，一边是建在山崖上的院墙，走在上面，感觉石阶就像一架梯子垂吊在江水之中。夏季来临，到处是大字报，揭发反革命，武斗升级，被红卫兵批斗的人增多，自杀的人也增多。

抬死尸使江边通向八号院子的长长的石阶变得可怕。

我想去江边，不得不绕着那路走。

夏天的江边，对住在没有浴室的贫民窟的人来讲，是天然的洗澡地。白天大太阳天就有游泳或洗澡的人。傍晚，人就更多，大人小孩子泡在江水里，他们打水仗。不过涨水之后，沙滩淹没，水也变黄，流速也快，基本是一些不怕死的少年人在游泳，江边不会有太多的人。可是这天我和五哥在石阶上看到货船泊着的一段江边挤满了人。我出于好奇，就朝那儿跑去。

夕阳余光留下一层淡红色在江两岸，也投射在那些围观者的身上。他们在看什么呢？我人小，不一会钻进人群里面，瞧得清楚。是一具尸体，脸和身子朝下，背对天，头发上有泥、挂着烂菜叶，五大三粗的身上只有一条短裤衩。不用说，是男人。

有人拍我的背，我吓了一跳，原来是五哥。我俩靠得更近了，淹死的人趴在礁石上，浑身肿胀。有人把他翻了个转：尸体翻着白眼，直瞪瞪盯着，样子很恐怖。那人于是又把尸体翻回去，让尸体趴着。五哥说："这肯定是冤死的！男的死了，要四天才能从水底浮上来。"

"那女的呢？"我问。

五哥说："女的要七天，脸会朝天。"

我对五哥说："爸爸说过，男饿三，女饿七。"

五哥纠正说："那是饿死，不是淹死。"

那晚入睡，我梦见的就是那具尸体。他站起，朝我走来。我想拔腿跑。江水竟涨到家门口，伸腿可洗脚。五哥找到我，叫我和他一起往山顶逃。

我反倒停下来，坐在门槛上不想离开家。世界突然变得安静，江水在脚下流淌，好多云朵也浮在头顶。早晨我醒来，跑出家门外去看江水，江水涨过呼归石，超过缆车边的石梯五十多步。

五哥十三岁那年在江边救过一个玩水的男孩，他把男孩拖出水面，他们成了好朋友。

这个男孩，比五哥小两岁，可个子和五哥一样高。因为他的存在，我与五哥在一起的时候少了。五哥生下来是兔唇，迷信说母亲怀孩子时不能在家门槛上砍柴，否则会落下印迹。父亲不信，在母亲怀五哥时，用斧头在家木槛上砍柴。结果母亲生下一个嘴有豁口的五哥来。五哥长到一岁多，医生给他做了缝合手术，手术差，他的嘴唇上留下一道深深的伤痕。他不喜欢说话，但他和那个男孩在一起就话多，哪怕是蚂蚁下雨天回家，蜻蜓死后是否变成人或牛，他们都要说上好一会儿。

我家院门外有块空地，空地外的小山坡上有些小树林。有两棵树靠得近，用绳套在中间，拴两根，便可当秋千荡。我们三个排队荡，轮到我，胆战心惊坐上去，抓紧绳子，他们推我，荡得高高的。

下地了，灰黑的天空还在眼前晃。

我们三人捉迷藏。我和五哥躲在房子间的一个沟洞里，让男孩找。房主人听见声音，边骂边出屋。我们一伙人从沟里爬上来，赶快溜，怕被人认出是谁家的孩子，就直接在路沿边的房瓦上跑，踩得瓦片碎响。

最近一段时间，猫死得多，人也患干咳病。父亲没有从报纸上读到这些消息，这些消息全是那些走街串巷的剃头匠、磨刀师傅告诉的，让大家多加注意。大家说，对呀，难怪我们这儿每隔一两天猫就死一只。你看，我吃了药，咳嗽也不好，原来如此！

因为害怕传染，学校全放假。过了一周我就厌了。我喜欢看五哥在用过的作业本背面画画。五哥趴在桌上。我摇他，问：“是不是累了？”

五哥醒过神来似的，说：“不不。”

那个闷热的上午，我发现五哥脸上眼圈更黑。我看着五哥把画上的图案撕下来，揉得皱巴巴的，捏在手里，走上天井里，抛向空中，一股风把纸团带走。

有个人在院门外叫，声音很像五哥的那个好朋友男孩。我听到了，看五哥，五哥在看我，明显他也听到了，却装作不当一回事。我故意转了一下身，五哥便像一支箭朝院门外射去。等我跑出去，已没了他的身影。

我找了好几个他和男孩经常玩的地方，都没找到。弄得我一身是汗，便到院子后面的水溪去洗洗，那儿有一块洗衣石板。三步远处有一个木栅栏，栏外是一个几乎垂直的大斜坡，长着青苔，水冲下去，像瀑布，人若掉下，命就没了。

我把鞋脱掉，抓在手里，突然发现五哥站在身边，抬起头来，不是他，一个路人，等着我让出地来洗脚。

我没有动，路人暴躁地吼我。我急了，对他叫：“我有病，离我远点。”

这话真灵，那人一溜烟跑没影了。

洗完脚，穿上鞋子，我没朝家的方向走，而是直接下了去江边的石阶。又有好多的人围着什么。我跑下石阶，又钻过缆车的桥洞，往货轮泊着的江岸走去。有几个穿安全服的人在打捞一个淹死的人。

没一会儿，他们把那个个子并不大的一个少年放下地来。我不敢靠近他们，一种从未有过的害怕控制住我。我掉头就走。走上石阶，这时，五哥从后面紧跟而上。我一把抓住他的手，谢天谢地，那少年不是五哥。可五哥的眼睛红红的。一问才知道，原来淹死的孩子是那个经常与他一起玩耍的男孩。

“你听见他在叫你？”我问他。

“那是一个信号，知道吗？”五哥神秘地说，“你不会懂的，这是我与他之间才懂的事。”

把木板架在长江上

小时候读别人的文章，父亲是背影，背影会越变越小，最后成为一个黑点。我从那儿出发，去想象另外的点。黑色，比其他颜色都更美。

我是个野孩子。爬树、钻山洞、攀悬崖，随时都可能一失足落入江里。越凶险、越刺激的事，我越喜欢。父亲从未管过我，他总是沉默。我一旦做危险的事，就觉得他的眼睛在看着我。这时我总是怀疑他不是瞎子，他还是那个能穿透江雾的把舵手。

我的梦是一片黑色。

父亲与浙江老家的亲弟弟相逢，在春节前后。这是大半个世纪里唯一的一次。父亲1939年被抓了壮丁，行军经过十一个省，最后部队撤离时，他做了逃兵。之后在重庆船运公司做了水手，在长江上走过多少来回，却从未返回过家乡。后来眼睛瞎了，回家乡也没有用了。

父亲去年八十一岁，我的叔叔七十六岁。在重庆南岸，临江而立的白房子里，他们度过了半个月。分手时，两个人抱头大哭。我活到这个年龄，从未见父亲哭过，但我相信他真的有理由哭泣。他们的语言用哭表示，江水在那时是清澈的，河床枯干，拿一块木板，就可以轻易地游过长江。父亲想念不想念船？

如果是1978年，我还只是一个十岁的小女孩，我就会拿着木板，架在枯干的河流上，让父亲和叔叔过河去。这样渡江，对岸一切都会变，似乎已不是一个有巨型船只的朝天门，也不是一个有巨型广场的朝天门，更不是一个越来越像香港的重庆。我们三人不时移动木板，从一个石礁到另一个石礁。对岸在变化：石坡陡峭，有废弃缆车的朝天门，有生父扔下我时的那张像僵冻人的脸，有母亲绝望的爱情，还有我十八岁时逃离家的决心。那个调运船只泊点的小亭，扩音喇叭一响，两江三岸都听得见。

在岸那边，父亲和叔叔在哭，雾重庆包裹住他们的身影。我喜欢会哭的人，但我不喜欢父亲哭。父亲哭，因为他心里装满了秘密和委屈，连亲生弟弟也不能说。

他渴望我长大，希望我长得很聪明。他驶船经过一片山林，在一个山寨崖边。那儿的水绿蓝，清澈透底，他说过，你就是那儿的鱼，不会叫，但谁看了，谁都会和你一起颤抖翅膀。

梦不是梦，梦里我是清醒的，清醒得旧事一件又一件翻了出来。父亲，每个人都知道，我并不是你亲生的，我是个非婚生女儿。我的那个家曾经为了我，闹成一团，闹上法院。

父亲应该想过不要我，甚至可能希望我死掉。我不存在，他会快乐得多，但他没有做他想做的事。谢谢父亲最终让我留在家里。而他有多少次机会可以悄悄地把我闷死，但他不愿意；他有多少次机会可以告诉我，我不是他的女儿，但他不愿意。

幼年，我的梦曾一再重复：父亲是一个持菜刀的人，有时他就躲在我的床下。有一天母亲不在，当时阁楼已经坍了一部分，正准备修，晚上一家人挤在楼下父母房里。夜里我大叫着醒来，心里嚷着：父亲不要我！却一个字也说不出，只有哭，每个人都被我恐怖的哭声吓醒。父亲在另一张床上，安静地说，都睡吧，天就快亮了。

我记得，梦里父亲把我扔在街上。

雨声滴答，时间滴答，我将热面浸入冰水里，做凉面。面条细长，筷子挑到手直举的时候，也没有见到尾。我摸了一下脸，满脸是水，咸咸的。

两个古庙，一个改成小学，一个改成中学；一个在坡上，一个在坡下。小学的庙里，夜里有鬼出没，白日上课也可听到怪声。音乐教室有粗大的铁绳，悬在梁上，自动卷曲。父亲这天带我到小学转，说再有三天，你就会坐在教室里。那是紧靠办公室的一间，挂着一年级的牌子。

“这口井里的水，以后千万别喝。”父亲叮嘱。

“别人喝，怎么办？”

“你别喝就行。”

“喝不得？”

“就是，你喝了就会两脚生根，记住没有？”父亲不耐烦了，“你长大得走他乡，才有志气。”我们站在山腰往江边看，江心没有船，他抬手遮住刺眼的阳光。

好多声音涌过来，我的耳朵在分辨，在盼望有一个声音是父亲的：

我亲爱的孩子，你别伤心，虽然你不如从前忧郁，虽然你的面容用了各式表情伪装，虽然你以爱容忍恨，虽然你一日三餐都把读小说当饭吃，虽然我什么也看不见。虽然我是一船水手中唯一上过小学的人，眼睛未完全坏掉时，可以把一张报纸看懂；眼睛瞎了以后，我靠听收音机知道世事。但是，我知道你，我知道你有一天会写我们家。你没告诉我，但是，我知道。

父亲是该说的话不说，我是不该说的话说尽。蚂蚁似一根线的排着队回家，孩子们嫩声唱着歌谣，而我每次回家其实就我一人，哪怕有成群的人，我也不过只是一个魂。父亲年轻时的模样，瘦瘦的脸，满是汗，从江边乘轮渡回家。他气喘，停在半山坡。我闻声赶去，竟然会与他错过。

他从床上起来，八十岁的瞎子，他还能照顾自己。他蹲在他的卧室门前。他吃饭，菜和米粒从不洒落在地板上，他拒绝喝汤，自己倒茶，自己穿衣穿鞋洗脸洗澡。

谁又能说父亲的血不曾流在我的身体里？多年前，父亲蹲着做家务，说，船上的人都喜欢这姿势，船在水上行驶，蹲着最稳，最安全。

父亲会发疯。父亲有钱，有权，有顶天立地的威严，可以写封信给伟大领袖或统帅，报告人民的疾苦冷暖或上下级干部的不轨行为。父亲打过小日本，有警卫和日本小车，有砸烂旧世界的勇气。脾气上来时，一个女儿一个女儿地狠打猛踢。"文革"中整人报私仇，惹来一身祸。"文革"后摇身一变，大喊冤枉。

这样的人还能是某个人的父亲？多年前，你看着我，大笑。

机舱里，我戴上耳机，调到音乐台。电影《尤利瑟斯》里的音乐，一个女人的清唱。父亲，电影里那个无家可归的男人是你。你在江边看见一场屠杀，你喜欢过的一个女孩，也在雾气腾腾中中弹。她就是我。我死于你之前。二十年前的“文革”武斗，三十七年前的大饥荒；一年前，现在，就是现在，在这个大城市郊外，对整个人类的绝望。

人生下来，就是随时可以消失的鬼魂。

那个奇怪的夜晚，那是第一天。父亲，我不知道他实际是你派来的——让我有一个爱我的男人，让我有一个值得爱的男人，直到我老，直到我死。这是你和生父合伙做的唯一一件事，由此你们不再欠我什么，由此你们都只是灵魂陪伴在我左右。

我欠你，像我欠生父，像生父欠你。也许，你也欠生父，你拥有了他最爱的女人，为了你，他离开了你和母亲，他是爱的牺牲者。

好了，当我们都不在世上，我们都是一丝魂在飘游，我们真的可以心平气和地说，我们谁也不欠谁。

我一直在找父亲，不知父亲就在身边。

我一直在渴望钓鱼，不明白鱼已在我手里。

父亲是渔人，他坐在江边，鱼竿由山上的竹子一节节套成，伸得很远，顶端颤颤悠悠，又细又嫩。我那时盘膝坐在一旁，我们中间是玻璃瓶子，里面是活蹦乱跳的小虫子。

“鲤鱼钓了，得放。”

当时正和我所爱的人在一起，这话从爱人嘴里说出时，我大吃一惊。

不同的人，相隔太长的时间，相隔半个地球，一东一西。

鲤鱼最具人性，通神。

我正眼看三十多年前长江上那个女孩的身影，脸红心惊。鲤鱼跳龙门，所有古老年画上你都可找到它。点香敬菩萨时，还愿，就还这个愿。回家提醒父亲，父亲说，正是。你已经看不见任何鱼了，那滑溜溜的渔竿在哪儿？我们喝过鱼汤吗？

不记得了，可能你从来都将鱼放回到水里。

鱼是你回家乡浙江的愿望。从重庆向东流，在上海黄浦江打个回转，跃上天台山，游到你家门前的池塘里。

我想看见父亲，像我此刻怕看见他一样。

你一直不是我的父亲，是一个阴影，我习惯在阴影里的舒适。父亲会死，虽然都说你万寿无疆。我忍受得了分离，无论是父亲或是心爱的男人，我第一次在男人前面加“心爱的”，从来，人们都认为我是个女权主义者，要灭绝天下坏男人（男人的30%）以及不坏不好的男人（男人的70%）。我奇怪我会突然大转弯，莫非出现了奇迹？

有阴影的父亲，不是我的父亲。我的父亲姓陈，我从小就把

"陈"扔掉，好像故意做给父亲看；他不喜欢我，我也不喜欢他，起码我可以把他的姓远远地抛开，让它别跟着我，让我发慌，让我愧疚。我选择我要的姓：虹——淫奔他乡。

我选择。

追本溯源，我应该跟生父姓孙。如果更确切些，那么生父也是随母嫁到孙家，生父的生父姓李，那么，我原本是李家后代。

我的婆婆——生父的母亲，我们见面，我告诉她我既不跟着姓陈，也不姓孙或姓李时，她连连说，好好，跟自己姓。那天，她哭了，在餐馆。在这之前，我带着所爱的人去找她。没有灯，虽是城中心，也跟南岸一样又潮湿又肮脏。天热，茶馆重新开张。循石梯朝下，拐进窄小的过道，上梯子。麻将桌边，所有人全像鬼魅。

绝对是小说，我回头对身后的爱人说，为了轻松点。一个私生子来认亲婆婆，这么多年的风浪，几句话就能平？

他让我专心。

我已到达了顶楼，问婆婆的名字。里面确有一老人，她呆坐着，但五官细眉细眼。点的是15瓦的灯。她只摇头，不认我。我退出时，发现房内有一窝猫，纯白，有一股浓重的猫味。梯子上也有，肉乎乎的，我怕踩着，惊慌地下梯子。

在整条小巷跌跌撞撞找了个遍，也没有我的婆婆。

他说："认命吧，还得让你母亲领你。"

我无可奈何地点头。

母亲第二天带我去，就在那个猫主人隔壁。长相与猫主人两样，大眉大眼。但老远一见我，就伸过手来，把我握住。

第二年我回重庆，母亲说："你婆婆走了。"在我看望她不到半年后，我相信是真的。虽然她曾经在我婴儿时，见过我许多次，但我记得的唯有这一次。与生父一样，似乎一次就是一生。而父亲养育我有十八年，我们几乎早晚在一起，我也没有意识到那就是在一起的感觉。

重庆老家，旧院子地基上盖了一幢白房子，残留着的只有开红球花的树。这花吐出毒气，市政府一再说，要在全市清除掉这树。这树一旦清除，老家就什么也不留了，而在江旁的卷烟厂毒气更大，但附近居民不抗议，抗议了也没用。

那儿天空灰蒙蒙，阳光白得刺眼。

在我还未选择姓虹时，天空要清爽些。

虹在天上，父亲可能会望见。他仰起头来，下过雨后，江南北横跨着七彩，它是我的名字，可惜，他望不到。

从我开始习惯姓虹，我就没有意识到父亲根本看不见我。在早年，我在他眼里就是不清晰的。他眼睛瞎了，差不多二十年，没有看见过我，而我却时不时能看见他，感觉到他。他的眼睛，是上帝的礼物，重重灾难后的意外补偿。他唯有超人的感觉，感觉是不可以遗传的，我们没有血缘关系，但这感觉却是他给我的，当我还是一个婴儿时，他没能力让我吃饱，却让我感觉满溢，有感觉才有痛。

父亲走了，我在搜索父亲的足迹。父亲也会搜索他自己的足迹。我对父亲说，你应该出现，你从来也没有这样不理睬我。

我必须清理掉你的衣服。

包括家里那张有架的绷子床。

不时有拖着行李的人奔向服务台买磁卡，而电话机前排队的人神情全一样：烦躁，身子扭动，没有谁的外表有我安静。

我要砍掉那床，扔掉。

我在心里对他说，你会笑我，我从来都骗不了你。我小时想在上面睡觉，你和母亲不允许。

但这是北京，你从没到过。我在北京时，你说你经常梦里到北京——担心我会险遭不测。如此一想，你还是会来北京的。长江沿岸我都去过，我会陪你一起去。

我埋下头，把所有人说话的声音抛开，只留飞机起降的声响。我听着，听着，父亲在修理绷子床，用牢实的麻绳仔细穿过档头的小孔。这是他和母亲结婚后的第一件家具，红木，几十年亮晃晃如新。挂上麻纱蚊帐，哪怕蚊帐上补丁成群，也使阴暗窄小的房间带着希望和温暖。万县，长江中游的一个小地方，朋友送床给他，他不收；朋友只好说，折价卖给他，让他不肯接受这礼物的心安些。

父亲还是不同意。

“嫂子会喜欢。”朋友说。

这句话决定了床的命运。绷子床可拆，父亲的船运它回家，母亲哭了，因为激动，因为惊喜。

母亲哭了，这次是由于我去为生父建墓。今年五月，天气没有这么闷热难忍。

天亮前就得动身，经过个体户早市，马蹄莲白中带青带绿，一篮全买，第一次在集市上没有讨价还价。天在下雨，下雨好，母亲夜里说。一夜的话都没有说完。那时，重庆的雨没完没了。母亲听了我的抱怨，说旧历三月天，桃花天，雨下得人软绵绵，男人走，要女人牵。

在石桥广场等朋友的车，车也是白色。

雨时断时下，我在背叛你，父亲。

我的脸红了，当清晨我在他房门前穿过；我的眼睛蒙上雾，我不敢正视他，哪怕他所在的方向。街上没有剃头匠，他的胡须应该刮了，头发不长。他看不见我给的是什么药，却能分辨是哪种药，放入不同的药瓶，他的手和心的感觉不会将药片弄错，什么是感冒时吃，什么是气管发炎时吃。他没有别的毛病，但他一定知道我将去看生父，那是一片荒地，要半天快速飞车。那荒地却临江依山。当深夜我回家，他什么也没问，他从来就不问我去哪儿，可我赶紧躲进母亲的卧室。

穿好衣服。

吃了两口稀饭。庙堂改建的小学，依然用钟声做上课信号时，我刚背上书包，父亲只是说："快跑！"

快跑！此刻，他带领着我在黑暗的世界穿越，他熟悉它胜过我，我总是惧怕它，免不了大叫大嚷，他教会我与它较量，而且不会失去自己。独独失去他，失去他蹲在地上为我做学算术所需要的小棒，他几乎是闭着眼睛在用刀削。这个世界给我的第一个印象不是别的，而是：我的父亲眼睛不好。

"陈瞎子。"这是邻居给父亲的外号。

我恨那些人，像我爱这个男人，他出乎意料地让我心动，一再打定主意：决不离开他。他的皮鞋比他的脸先吸引我，然后突然有一天，我在衣柜里发现，我有一根皮带，和他的一样，他的大，我的小。

阳光强烈，已经几个月了，这个夏天会持续到秋天，可能还会到明年，他会一直遮上窗帘，或让我遮，他关门。我们的房间里到处有镜子，我们彼此看得见对方的身体。我们的房间到处都有灯光，以至于他能在夜里看见我。在别人身边我睡不着，在他身边，却是一个梦也没有。没和他睡觉前，我曾梦见他。第二天早晨，这是我和他说的第一句话。

“什么样的梦？”他递给我又一杯西红柿汁。

“我们在我老家重庆，到处找餐馆，这个你不满意，那个你也不满意，我饿得厉害，但你仍然不肯进一家餐馆。”

他含笑看着我。

总做同样的梦——重庆，梦和记忆是一致的。在重庆我总是迷路，在未遇到他之前，我总是如此。父亲在长江上，他的船消失在夜里，有时是一片风雨中。他既是船长，又是领江。他开过最大的一条船，是客轮，从重庆到上海。那次，他本可以接近家乡浙江，但船过三峡，在武汉就动不了了，机械问题加上政治问题。全船旅客移到另一条船上，船员则开始整顿检查。

武昌鱼在江水中跳跃，父亲用岸边的芦苇做了风筝的骨架，用地图糊上。风筝向东飘，突然直线坠落，挂在一棵树上。那天，父亲的筷子没有动过餐桌上的武昌鱼。

他一头栽进长江，游到江心，就仰泳，身体漂浮。眼睛耳朵，嘴里心里，全是水。

她原是个接生的护士，有个孩子六岁，丈夫到农村搞调查，饥饿加上得病死了。父亲缺乏营养，连日连夜加班，手一松，双眼冒金花，从船上掉下江，被送入最近的县镇医院，她与父亲认识了。

母亲与生父在山上，刚下班，身上的汗把头发粘连。他们还不是情人。母亲说得请假去看丈夫，他出事了，头摔坏，医院检查出眼睛也有问题。

母亲看见护士，对父亲说，她不仅仅是护士。

父亲受伤不轻，没有回答。

母亲去拜访护士，护士没有想到。母亲发现她的床下有父亲的布鞋，屋外晒着男人的衣服。那布鞋是母亲一针一线做的，母亲不嫉妒一个比自己年轻的女人。

母亲走了。

父亲伤好后，眼睛确认不能再在船上工作，回家。母亲收到过一封信，是那个小县镇寄来的。母亲拆开，但不识字，在大街上找人帮着看。信写得很短："你走了，我和你干女儿不习惯，好想你。你什么时候再到镇上？"

父亲没有回去过。

母亲在事过三十多年后，还记得这事，我真想知道父亲怎么想的。母亲说父亲把工资的一部分给了那母女俩。母亲说她们也可怜。但母亲告诉我的意思其实是，是你父亲先有外遇，否则她也不会爱上我生父，自然也不会有我。

自然也不会有我为生父建墓一事。

生父的墓，在清晨六点做过道场后开建。道士先生先看了日子，选定了这天。办丧的人一路可见。结婚也一样，也要好日子。母亲一生只有过一次婚礼，却有三个丈夫。

我把马蹄莲撒在生父骨灰之上的乱石堆上。我为他要说的话全在自传里，他是识字的，我烧了一本自传，火焰包裹着书，燃得很慢，风和雨对火速丝毫不起作用。生父在读这本书，本来就是献给母亲和他两个人的，只为了顾全生父一家子，他的妻子和两个儿子。也因为如此，墓碑上我只能用一个字——虹。

村子不大，有池塘，有竹林，也有紫红的玫瑰。村子里的人看热闹，竟有三人站在雨中与开车送我去的朋友闲聊。

“那真是他的女儿啊？”

“长这么大。”

“这女人，命真惨，从小妈就死了，爸又跟别人结婚了，穷得要命，到处欠债，为了她的生活费。真不容易，长这么大。”

生活真比任何小说真实。我站在地铁的出口，陡峭的电梯足足好几分钟才将我送上去。我已经迟了好几分钟，已经迟了好几十年，我爱的人还在等我，非常忧郁。我没有哭，只是说，我已经很安静。事过许久，我才对他说，那天，我从地底而归。

他张开双臂抱住我，像抱住所有的过去。飞机在重庆降落，乘出租车直奔南岸，远远闻到办丧的乐声。深夜了，如同白昼，父亲如我想的一样，只有骨灰了，火葬场千千万万无亲人陪伴的大小盒子中的一个。

而所有参加葬礼的人，全在街边火锅店热热闹闹地吃火锅。乐队仍在，演唱的全是欢快的歌曲。

我受不了如此悼念的仪式。这样的仪式安慰不了我。

奔丧到目的地，我却闪出看热闹的人群。我走下石阶，到江边去，到水里去。让我成为你的一条鱼，你钓着又放回的鱼，你以你的走，让我从此自由。

这时，我感觉手被一只有力的、熟悉的手握住。

父亲终于出现了，我看见了父亲。

他领着我，夏日江面比我春天走时宽，江水黄，香烟厂的巨灯照着的部分，浓黑浓黑。

远远的爆竹声已听不清楚。

我这天起床已是上午九点。昨夜红白酒混合喝，头很重。到书房，放了一盘零度音乐，音乐是回声，没有任何故事。

我突然明白：父亲，不管是生父或是养父都没有抛弃我而先走，如同我从未离开过重庆，也从未去过北京或其他地方，如同我从未爱过一个男人一样，我的一切简单如零，仿佛一切都像是一部有意虚构的小说。

我不知我生活的原来面目，也不知我自己是谁。我只知道我需要长大，快快长大。

这天十点半，邮差来了，他总是一天比一天晚。我拆开一封信，一个朋友告诉我，她的父亲在昨天早晨躺在自家床上过世了。本来子女全部到齐来送终，却等了好多天。最后有的子女忍不住了，开始找理由离开，开始争吵抱怨。好像父亲就等着看孝子孝女出洋相，他脚狠狠地一蹬，尿流了出来，对谁也没说一个字，就合上了眼睛。

篇外A

母亲远行

我披麻戴孝，凝视母亲在江岸上越走越远，我拼命地叫她，她不应，却是一个转身，到对岸，我再也看不见了。

母亲早就想从这个世界走开，她一再延迟，因留恋我们这些和命运挣扎的儿女们——知道我们受苦的根源，心里装着辛酸，恨一个人又不能，丢弃一个人也不能。那年母亲得了绝症，医院拒绝收下，被接回姐家中，处于死亡边缘。我急着赶回，日夜照顾她，配制药方，同饮同睡，不断说话。一周后她恢复了人气，有了声音。

以后数年，有三次接到国际长途：母亲突然尿流，不省人事，被送到医院抢救。回回我都胆战心惊，呼唤母亲千万不要离我而去。

五年前的十月，母亲下了决心，没有等到我赶到她身边，就咽气闭上了眼睛。

好久也未梦到母亲了。来意大利深山中度假，我在一个夜晚的睡眠里相遇了她。云雾缭绕，半明半暗之中，母亲和姐姐们往山上爬，那儿有一条小溪，母亲回过头来朝我看。我醒了，翻身坐起，满脸湿透。

记得她去世前一个月，就在我生日之前，她在旧木箱里找了好一阵子，递出一顶粉色白色相间的婴儿小绒线帽。我没想到，呆了好几秒才去接。绒线帽从未用过，存放箱里年份久也，不那么纯白，有股淡淡的樟脑味。

母亲看着我，眼神里有一种神秘的期盼。

这是为何？我想来想去，不明白母亲的心思。

我怎么会明白呢？

那之后我回到北京，不想吃东西，身体虚弱，流汗，想睡觉。如此过了些天日，例假不来，爱人逼我去医院看病。我一向讨厌去医院，拒之。又过了些天日，心里有点猜测，但不敢相信。深夜，爱人把睡着的我推醒，让我测试怀孕纸。我去卫生间，按照说明书做，紧张地盯着纸上，慢慢地，纸上出现了两道红线条——阳性。我大叫一声，喘不过气。爱人跑进来看测试纸。

我们望着对方，半天不说一句话。

第二天一早去医院，一查，证实了怀孕。走出医院时，想起离别母亲时，她送我绒线帽的意义，明明是在说她要离开人世，一向孤绝的我会更孤单，她要我有个伴，有个孩子。她要我当母亲。天哪，我就要当母亲了！喜悦的眼泪不由自主地流了下来。

童年时常常对着灰暗的天花板，想象云彩飘浮在蓝天，那更遥远的世界。隔岸的灯火很难从窄窗里映出。母亲的身影，也非常孤单，偶尔她微笑着接近我，我感到心安。回想起来，母亲不太爱和我说话，举止总是带着暗示，如同她告别我时，也带着暗示。暗示就是诗，就是艺术，未曾受过教育的母亲，并未让我失去这人生最重要的一环。

我怀抱着孩子，在落地窗前静坐，想念着远行的母亲，孩子的头上戴着粉白的绒线帽。夕阳中四周山峰上的白雪依然刺眼，山腰飘着云雾，很像那个梦。

在我与孩子的身后，是一面古老的雕花大镜子，里面映着墙上母亲和我的黑白照片，那时我三岁，双眼紧盯着前面，充满恐惧；母亲呢，她镇定，嘴角带着一丝微笑，似乎在和这个世界说，无论有多大的难处，我也要把这个孩子带大成人。

无论离别怎样伤心悲痛，我都不会哭

每个星期我只能见母亲一次，每次都想引起她的注意，更想讨她的欢喜。好多次，都走很远的路，去山里人家“偷”摘太阳花。它红得透亮，又柔弱忧郁，很像孤单无助的我。

小心翼翼地带回家，有时天色很晚，看不清陡峭的山路，会摔跤，弄得鼻青脸肿。母亲看见我，就指责我不落家，像一个野孩子。她连看都未看一眼我手里的花。

我去找小药瓶子——往茶色玻璃瓶里盛了水，把花插好，放到离母亲的床最近的五屉柜，希望她生气过后能看见。

为养活我们，母亲做体力活，像男人一样在水泥沙坝里抬石头和氧气瓶。每每她到家，吃完饭必躺在床上，不一会儿就打起鼾来。

几十年后，有一次我们离别时，母亲很伤心，眼睛红了，可是她忍住，自言自语："不能哭，哭了，以后我死时，我们就不能再见。"

可是我哭了，泪水直掉，我说起太阳花。

母亲拉起我的手，到阳台上。

我看见了那角落有一盆太阳花，正朝有阳光的方向开放着，非常吃惊。

"想你的时候，我就看这些花。"母亲说。

原来母亲什么都知道。也是那天她告诉我，她从小到老都喜欢太阳花，不过她喜欢叫它半支莲。她说，这种花对咽喉不舒服、被火烫伤都管用。

我在2006年10月25日傍晚得到消息，便从北京心急火燎地乘飞机往重庆南岸老家赶，在上飞机那一刻打电话给姐姐们，母亲已说不出话来，姐姐们把电话放在她的耳旁，我要她等着我。“千万等着我，就等我两个半小时，我就到了你身边！”电话那边没有声音。

等我夜里赶到老家，母亲已躺在冰棺里，洁白的花朵围绕着她。姐姐们告诉我，母亲听到我声音落下了最后一口气，闭上了眼睛。

母亲，我晚了整整两个半小时，没有来得及与你告别。这是我的错：以前与你离别时不该哭。

失去你的这些夜晚，我皆在黑夜中寻找你，带着这种从前一次次献给你的花，继续寻找你，有一天我一定会找到你，那时无论离别怎样伤心悲痛，我都不会哭。

2008年5月

带女儿到重庆参加德国“文化周”活动，也想让她去给外婆外公上坟。我们到达重庆已经是5月9日傍晚五点，车子在高速公路上边堵边走花了一个多小时。等我们到时，亲戚们早就在希尔顿饭店等我们了，还有从四川乡下特地赶来的表哥。

等我给女儿收拾完推车出来，大家一起朝奇火锅走去时，天已完全黑了。

路灯之下，重庆中山路变得面目全非，只有那体育馆还在原位置，其他都不认识。车子多而快，全是栏杆，只能从地下通道到对面马路。我们抬着童车，那地下通道还有鲜活人气的小店和小摊，上了一大坡石阶就是著名的奇火锅。

突然相见两大桌亲戚，女儿很兴奋，她四处都要瞧瞧。二姐抱着她，满足她的心愿。我在家排行老幺，我的孩子辈分高，姐姐的孙子得叫仅一岁的她小姨。

第二天上午我没有活动，按计划，我们去给南岸莲花山公墓的父母上坟。出租车从长江大桥经过，我对女儿说，现在是双桥了，以前妈妈在重庆时，只有单桥，而且只有这一座。她睁大眼睛，听我说。过了桥，妈妈带你去看外婆外公。

天气热到三十五摄氏度，女儿却一直安静，等我们到莲花山时，哥哥姐姐早已在那儿了。女儿只要父亲抱，他抱了一段，她就把双手伸向三舅舅。越往上走，女儿越显得高兴。

父亲过世于1999年，一般在重庆时，我都会去看他。母亲两年前走了，与父亲葬在一起。我飞回重庆奔丧，母亲下葬时我已近临产期，就没有回去。

菊花放在墓前，两盅黄酒摆上。我抱女儿给父母鞠躬，她很严肃，三哥给她三支香，她双手紧紧拿着。我一向腼腆，还未说话，大姐就对父母说起来：爸爸妈妈，你看六妹也带着女儿来看你们了。

我带着女儿来了，认祖归宗。妈妈你会喜欢她，如同我未知怀孕时，你就先知，把箱里的婴儿帽递给我，那时你已病得人脱了形；爸爸你也一样，你善良，一身正直，富有同情心，你们给我的爱让我终生受用。看着山下长江在静静地流淌，我突然想到，我和你们终于和解了。烧香完毕后，一家人分着供品吃，一瓣瓣苹果一串串葡萄。轻柔的风吹拂着衣裙，树间的小鸟唱着歌，一家人合影。

当天下午和翌日我都参加活动。活动一完，我们就往机场赶，晚上七点半的飞机，夜里十一点多回北京。

第二天下午两点二十八分，我坐在电脑前写东西，感觉到房子在轻微摇晃，不到两分钟接到电话，说是重庆地震了。我马上打电话，不通。一直打，一直到三个小时后，才得知是四川汶川发生大地震，在四川的家人都无事。若不是我们临时改机票，会是这天下午四点半正好在从城中心去重庆机场的路上，那儿感受地震会有五六分钟之久，孩子大人都会受惊吓。

感谢父母的在天之灵保佑，我们全家人平安。

一一回想起过去的那些天，视线渐渐落在我们全家人一张黑白集体合影上：女儿想着什么似的看着前方，我抱着她也注视前方，身后我的家人们分三排在父母墓前石阶前，他们有的微笑，有的很忧愁，大都跟我孩子一样，略有所思。

我不得不承认，就是这张上坟的照片，浓缩着这个五月最后的宁静。之后，地震吞灭了五万多位乡亲，从此我们的心堆满了无法推开的悲伤。

篇外 B

我的女先知西比尔

西比尔出生时，一阵剧风和沙尘划过这座城市的上空，时间是正午。母亲比父亲晚几秒钟拥抱西比尔，父亲说，西比尔双手皆六指，让他想起英国安妮·波林王后，生了个女儿，日后成了英国史上最成功的君主伊丽莎白女王。

西比尔曾出现在母亲的诗歌里。时常在她的梦中出现。埃涅阿斯说：不管你是女神或是受到神祇所爱戴的凡人，对我而言，你将永生受到我的尊敬。西比尔说：我不是女神，我无权得到祭祀。我是个凡人。不过，要是我接受了阿波罗的爱情，我可能已成了神。如果我答应做他的妻子，他就会实现我的心愿。令人遗憾的是， 我拒绝了他，我的青春和青春的活力早已消失。我活了七百个年头，我的身体日益缩小，有一天，我将小得让人看不见，可我的声音常在，未来的时代会尊重我的说话。

好些年母亲都在等着这位女先知，世上大半人都因此误解她，憎恨她。所幸的是她在山洞里认识了自己的名字，一个橡树枝沾着露水，写在叶片上，从海上漂来，停在这儿。

这是最美的五月，有比丁香和欲望更强烈的记忆，五月之后的六月，有比不生不死之命更值得呼吸的现实，这不是笼子也不是神圣的铁塔，西比尔落入水中，她划动着四肢，摇着头，喊道，我要这瞬间。

而我，母亲说，我这劫难无数的一生，只想要你，西比尔。

心爱的女孩

你一岁时，妈妈看了一本书《充满奇幻的一年》。一个美国作家写的回忆丈夫死前后的事，很悲伤。只是对印书的纸和内文字体妈妈不太喜欢。书里说到印度寡妇为丈夫踏上燃烧的小舟殉死，那留给妈妈的就远远不只是悲伤，还有深思。

书里有许多动人的描写，比如女儿不是亲生的，在医院出生后，两口子把她收养了。说到女儿小时因为吃花园里的果子中毒送医院的事，说到丈夫去世前，他们送已是成年人的女儿去医院，可是女儿再没能与父亲告别。好些地方，妈妈的眼睛都模糊了。

妈妈想给你读这些片段，可是担心泪水弄湿你。

有天下午，妈妈又看了一本写美食的书，说到一个坏母亲做什么东西都会坏掉不好吃的故事，有趣极了。说给你听，你摇摇头。妈妈给你解释那书有些部分是虚构的，不必当真，懂吗？你听了，想了想，点点头。

你刚学会走路没多久，担心你走多了会累，妈妈便把你放在地毯上坐着。本来你看书，看见妈妈修理好坏掉的书架，然后把一本本书搁回书架。你走过来，抱着一本本书递给妈妈。你真懂事，第一次有意识地帮助妈妈做事，把一页页卡片插入书架，用小手去扶整齐。

你长得不太胖，却正是妈妈希望的那样，结实。带你去家附近的超市，坐电动大摇摆车，你很高兴。走时，你看爸爸，想他再放硬币在机器里，可是你不好意思说，只是用眼睛求助。当然我们没有做。之前在杂货铺里，你对一把小推车感兴趣，抓在手里不放，看见我们走掉，你眼睛有些担心，但马上你明白我们不会真离开后，眼睛就不看我们了，继续盯着手推车。

早上五点你哭醒，是做了不好的梦。爸爸把你抱到大床上。你还是哭，妈妈拍你背，给你说话，亲吻你，你慢慢睡了，到七点才醒。妈妈睡眠不够，又睡了一个小时。八点五分起床。

想起昨晚给你洗澡时，你把玩具小猫咪沉下水里，然后捞起来。妈妈咳两声，你也咳起来。你有记忆，妈妈在北京游泳池教你游泳时，把你沉下水底学闭气。你先是哭，咳，妈妈学你咳。第二次做时，哭声就轻了，第三次几乎就哼了几声。后来你就习惯了。每当妈妈抱你沉下水底，认为你会害怕，是不必要的担心。

看着你一天天长大真是一种说不出来的幸福。

现在妈妈开始写小说，写之前给你写信。妈妈爱你，永远。

妈妈在写外婆，小时候每个礼拜六晚上都到院子门前去等做工的外婆回家，外婆看着妈妈，恐怕也是一样的幸福。外婆却不敢表示出来，因为妈妈是她和相爱的人非婚生的。因为这样，妈妈一直觉得外婆不爱自己，妈妈叛逆外婆，让外婆生气，一直到妈妈成年了，也如此。现在外婆永远地走了，想对她说一声对不起，都不可能。想来，青春的美，充满了无尽的残酷。

十月荒地也能长丁香

我的朋友送我一张画：母亲抱着幼年的我，还有一束鲜花、燃烧的香烛。时间是一年前。她以此来哀悼我刚去世的母亲。

时间静止，如果能如此，当然好，万事皆休。可是时间从不静止。我在厨房准备一家人的早饭，放下手里尖利的刀在案板上，默默朝窗外河道上痴痴地望去，也许母亲知道我在想念她，而会有意经过水岸，人们不是说，河道可通向非人间，是那些在另一个世界的亲人们与我们保持联系的唯一途径。

清晨五点起来时，太阳被阻隔在云层里，我静静地注视女儿，她进入梦境。厨房的冰箱乱叫，开始清理，不知不觉中发现好几种咸菜和牛奶。母亲喜欢任何咸菜，却对牛奶不太喜欢，觉得吃了会拉肚子，如此说是曾经家穷，没钱买，以后能吃上，肚子真不适应。女儿呢，迷恋牛奶到早晚都得喝一杯的程度。记得母亲晚年总爱把橘子皮放在冰箱里，味好闻。如法炮制，我关上冰箱门。母亲说，好好对女儿吧，她会给你我不曾给你的一切。

我眼睛马上红了，打开冰箱，里面已有股柠檬香味。真快！心里不由得谢谢母亲。

用啤酒擦兰花和滴水观音。进卫生间，把早餐的鸡蛋和小香肠端上桌。那是女儿的最爱。《小王子》里面的男孩嘲笑大人们，你们真多事，我只爱一朵玫瑰花，我只喜欢你画的盒子里的羊，最年轻的羊。

吃早饭给女儿重读这些故事，以小王子的眼睛看周遭，女儿唱，咿呀呀，好像在说，节省泪水，泪水就会变成盐；那不幸之事会变成糖。

做菜做了几十年了，菜里一向多盐少糖，美味常年这般，怎么会不衰败？

晚上六点你游泳，小鱼儿小球儿都掉入水池，我们都掉入水池，水波浪起来，牛马在叫唤，小猫小狗小猪一起唱，四月不再是残忍，十月荒地也能长丁香。一直坐在沙发上看发黄的日记，时间过得真快，发现你已长大，你把我当成一本日记读。

那一天会到来，我不会等得太久。

原谅我，孩子

一

每年夏天我们都要到意大利深山里度假。我的书房挂着母亲与我两岁时的照片。你问我："外婆在天上知道我们在这里吗？"

我说："她知道。"

"那外婆知道我们在想她吗？"

我说："当然知道。"于是我对你说起给外婆奔丧的事来，那时你在肚子里，我心急似火地朝机场赶去，赶到南岸老屋。可是晚了，外婆已走了，她不肯见我，哪怕她想见我，可是死神也不让我们母女相见。

你听了，好一会儿也没有说话。你转身走了，样子好忧伤。

现在我写给你们的书《好儿女花》终于出版了。

相信外婆在天之灵能读到，也盼望你有一天能自己读，想她会喜欢，可也会让她非常伤悲。你也一样。亲爱的孩子，不要伤悲。这不是我写书的本意，只是想让你了解那过去，我是怎样一个人。我知道你从那遥远的地方来到我的世界，路途一定很辛苦，每每听到你梦中哭叫，我感觉自己有罪，仿佛我把过去那些痛苦的记忆遗传给你。孩子，原谅我。

昨晚写了两首诗，都是给你们的。

母亲的钟

我的声音里有你的声音

像灯里的钨丝

什么时候断

什么时候世界进入黑暗

我一次比一次有勇气站在你面前

我拒绝裸体

是因为我的裸体总被强暴

你比我幸运，你有爱你的人

我呢，看旧地板上的蚂蚁爬上双腿

耻辱使我连你的声音也不曾听懂

我只做一件事：

记下蚂蚁伤心的赋格

不知你像个囚徒始终挂在空中摇摆

谁的女儿

找不到家具

只摸到自己的手

西比尼尼山脉有道闪光

照见手背上的乌云

五千年前，你是一道影子

我经过无数陌生国度，进入意大利

喊着你的名字找你，有一天，你来到我枕边

说妈妈，你这个可爱的吸血鬼

从那之后，

我头发里全是温柔的眼泪

用力推开那尖叫的悲伤

二

从书房的窗子可见远近山峰覆盖的闪亮白雪，远处海平线清晰可见，好些叫不出名字的鸟在天上飞来飞去。你不时跑到我书房来看我，每次带来几页你画的画，说是送给我的礼物。

我仔细地看你的画。画的色彩和线条都是天然的样子，有点神秘，有点怪异，有点让我不知所措，也有点使我心碎和感动。

你画的画大都是女人，有时是你自己，有时是你隐形的好朋友，一个与你同样身高的小女孩，披着长发戴着野花；有时是我，穿着有褶的长裙，手里有支笔；有时是小姨，住在一个高高的城堡里；有时是外婆，戴了顶黑帽子，我看不到她的眼睛。

你问我："外婆真的死了，对吧？"

我回答："你知道的，外婆走了。"

"她真的是去天堂吗？我们坐飞机经过的高高的天上？"

"是的，孩子。"

天真无邪的孩子，是这个世界的一块净土。我们这些大人因为生活的沉重和可怕，畏惧犹豫到无法朝前迈步，这时我们看到孩子，才有了力量，继续朝前走。

以前，我的母亲，恐怕也是如此。她因为我们这些儿女，才朝前走，直到再也走不动的时候。弱水三千，只取那一瓢饮。一般专指爱情，可对母亲而言，就是如此，我们这些儿女就是她的那一瓢饮。

篇外C

时间是一把刀，把软弱的人杀死

——张悦然与虹影的对话

去年冬天的一个夜晚，以及新年前的那个夜晚，都是在虹影的家里度过的。她的人和她的小说，相差并不太远，都有坚笃的力量，像是彼此依存、互为注脚而存在。

我甚至也在她的小小姑娘Sybil身上，也看到了这种力量。Sybil仅小小年龄，爱美，浅褐的瞳仁里，有着与虹影酷似的眼神。我感觉到一种世代流传的东西。女人与女人之间，世代流传的东西，与权力无关，与宠辱无关，那是情欲的流传。

虹影的自传性散文集《小小姑娘》，读来非常动人。我仿佛看到虹影俯身在Sybil的耳边，轻声说：

“我要告诉你，妈妈是怎样去爱的。”

张：在书中你说，女儿使你重新过了一遍童年，变回了那个小小姑娘。是否可以具体谈一下，这种美好的体验？

虹：像是总跳到梦里的那只小蝌蚪，我跟着母亲，她也是一只蝌蚪，我们朝对岸游去。两只蝌蚪一边游，一边说着话，那些话像波浪在我们身边起伏。身后是重庆长江南岸野猫溪层层叠叠的吊脚楼，前面是朝天门的一级级石阶，那些石阶涉入云端，我暂时忘记了现实世界，仿佛一切皆在一幅画里。

张：读你的小说，总是可以感觉到你以一种非常顽韧、执拗的信念，对抗着时间和岁月对性情的改变。你自己怎样看？

虹：那可能是小时候，在长江上当船长的父亲对我说，人应该像江水一样，朝自己的目的地流去，遇到阻碍，不能直接过去，绕过去，但是不能停下。这对我来说非常重要。

很小时，上小学第一天，是父亲送我去的。古庙改成的小学，夜里有鬼出没，白日上课也可听到怪声。音乐教室有粗大的铁绳，悬在梁上，自动卷曲。父亲这天带我到小学转，看到一口井，他叮嘱我："这口井里的水，以后千万别喝。"

"别人喝，怎么办？"

"你别喝就行。"

"喝不得？"

"就是，你喝了就会两脚生根，记住没有？"父亲不耐烦了，"你长大得走他乡，才有志气。"

我以后真的没喝那井水，不管天有多热，我都不喝。同学老师都喝。父亲要我远走他乡，就是把一种梦想，带给了我，也许是他在心底的期待。

张：在《小小姑娘》中，似乎有一种和解和消融的感觉。过去这么多时间之后，这份情感是否发生了改变？

虹：时间是最好的医生，会让你忘掉一些事，看清一些事，家人对我来讲最重要，没有我父母兄姐便没有我，他们成就了我走出的每一步。

一个作家的抒写，不隐不瞒，忠实记录，就是一种最好的审视。写完《饥饿的女儿》和《好儿女花》，我想已和家人和解了。这《小小姑娘》写完，我重新回到过去，那些与他们一起度过的时光仿佛重现，我们一起成长，一起痛苦，一起流泪，我们拥有特别珍贵的共同记忆，尤其是我们的父母都不在世了，我们彼此更加珍惜。

张：在你的作品中，总有一个小女孩的形象，她在爱人的身上寻找着缺失的父亲的影子。很多出现在你的小说中自语的部分，事实上都是在与父亲对话。我自己觉得，这一直是你的小说中的母题，或者说，是你的一个情结。

虹：有评者对我的人和作品分析到位："虹影作品里面还有一

样东西，就是私生女情结，她是女性，但不是一般的女性，既是女权，又有一种私生女情结，这种私生女情结让她变得和别人不同。私生女会不断地验证、不断地追问，而且会带来很多不同的东西，私生女不是婚姻的结果但是绝对是爱情的结晶，这是情与性的高度关注，有些地方达到了热衷狂热的程度，对秩序对规矩的超越和反叛，不屑一顾。所以她写涉及情性的小说都写得如此狂放，很多地方达到了极致。比如说《好儿女花》和《饥饿的女儿》中的母亲，即使女儿眼中的母亲，也是对隔代的另一个女人，对这个女人的弱点、人性的客观描写。虹影的小说不仅仅在文体上，更多的是在观念上的贡献。这是虹影有别于别的作家不同的风景，以及这些不同风景的根源。”

父亲是我生命中最重要的一个人，甚至位于母亲之先。他看穿我，说我的面容用了各式表情伪装，虽然以爱容忍恨，虽然一日三餐都把读小说当饭吃。虽然他患眼疾，夜里什么也看不见，到我长大后他白天夜里都看不见了，他靠听收音机知道世事。但是，他知道我，知道我有一天会写我家里的故事。谁又能说父亲的血不曾流在我的身体里？

多年前，父亲蹲着做家务，说，船上的人都喜欢这姿势，船在水上行驶，蹲着最稳、最安全。我学会了蹲着写作，使腰不疼。

如同我在《小小姑娘》里讲到父亲，人生下来，就是随时可以消失的鬼魂。可是我觉得我欠父亲好多东西，包括感情。好了，当我和他都不在世上，我们都是一丝魂在飘游，我们真的可以心平气和地说，我们谁也不欠谁。

张：年龄与创作之间存在着怎么样的关系，你走过的每个年龄段会有如何不同的创作冲动？

虹：有一种人年龄大了，创作的激情失去，作品也是走老路。还有一种人，年龄大了，内心激情不减，作品一部比一部成熟，比如J.M.柯兹和尤瑟纳尔，前者是那种雅俗共赏的作家，后者的《哈德良回忆录》和《一弹解千愁》为我喜爱，他们不断挑战自己作为作家的能力，风格多变。尤瑟纳尔说："有些书，不到四十岁，不要妄想去写它。年岁不足，就不能理解存在，不能理解人与人之间、时代与时代之间自然存在的界线，不能理解无限差别的个体。经过这许多年，我终于能够把握皇帝与我之间的距离。"

有人回忆她，说她是一个石头雕刻出来的人。这种人不在现实之中，不在时间之中，因此也永远不会死。

我喜欢这个形容："石头雕刻出来的人。"

但愿上帝让我成为这样的人！

张：时间所累积起来的经验会增进创作吗？同时时间是否又会带给你消极的影响？

虹：相比过去，我现在大部分时间是在陪伴孩子，写作或是采访，皆是在她睡觉或上学时。我还要处理家务。不过心情相比以前，好多了。以前很多时间处于消极和压抑之中，我写作《饥饿的女儿》时得过忧郁症。

时间是药，可以治人。

时间是一把刀，可以把软弱的人杀死。

时间是一朵花，青春就是一瞬间，谁可抓住那些凋谢的花瓣？可是作家，一个对自己不依不饶的作家可以将花瓣钉牢在她的文字和故事里永垂不朽。

张：在很多你的小说里，“我”一直是你观察和审视的对象。你关心这个“我”的诉求，体会着“我”的欲望。这个“我”与现实中的你，是否存在很大的差异？是不是可以说，自身的成长与变化一直是你所关心的主题呢？

虹：我很少写“我”，除了《饥饿的女儿》《小小姑娘》和《好儿女花》例外，我其他的小说，皆是写他者。不过写他者，你也可在他们身上看到“我”。

我常常与自己的主人公融为一体，比如《上海王》与《阿难：走出印度》的女主人公，重温生命的历程。所写的，对历史来说是现实的，对人物来说是历史的。无论是“我”，还是“他”或“她”，我借我的人物来看待世界，尤其是小时看见的那个世界，像《小小姑娘》里那些会跳舞的猫或是鬼，对周围世界陈述自己的认识，自由地思考，弄清自我，发现自我。通过写作，一次次证明，自己的人生有了意义，起码通过写作，我成为一个对人类有用的人。

张：现实生活会影响你的写作吗？那些日常，那些琐碎。你希望贴现实生活更近些，还是更远些？

虹：非常影响我，我写长篇时基本不见生人，除了好友外。可是生活不能仅是写作组成，我有了孩子后发现写作对我变得不重要了，孩子才是最重要的，起码与孩子一起成长，那种经验才是重要的。因为稍不注意，孩子已离开了母亲，有了她自己的生活。我希望能尽量多陪伴她，写作慢一点，尽量慢一点。

张：现今的生活状态是怎么样的？你觉得怎么样的生活状态最适合写作？

虹：每天清早起床，照料孩子上学，送她上校车后才开始打开电脑。只写两三个小时，能写一千字，就满意了。下午开始处理家务和信件。到四点钟接孩子回家，她以为我一直等着她回家呢，之后便没有工作时间了。到她睡觉才有时间，一般是读书。我认为读书的生活适合写作。我从来读书无拘无束，幼年时所读之书皆是辛苦借来，养成读书速度一目十行。《九三年》在一堆书里跳出来，让我一夜未眠。有一个寒冷的周日，家里只剩下我一个人，我读了夏洛特·勃朗特《简·爱》，读得眼睛透亮，胸口直跳——这正是我渴望的爱情，或许就是在那时许愿日后要和一个罗彻斯特先生的人定终身，后来发现这种“父女”之爱带有盲目的理想色彩，离真正的幸福还有一段路。可是好些日子，我都以简·爱的走路方式走路。我本性倔强、孤僻，又自恃聪明，与周围人更难融合，与她一拍即合。

读到艾米莉·勃朗特的《呼啸山庄》是一年之后，我泪流满面，湿了手绢，高声狂叫：我要写一本书如此，不要枉来世一遭！

可是我内心充满了对整个世界的恨。庆幸无情的时光带走了我那恨，当我成为一个职业作家后，四面狂风如往昔一样袭来，我的头发和衣衫被吹得不成样子，我的心却能宁静。

张：你的审美判断中，女人的美是有一天会随时间而崩塌的吗？现在对你来说如何形容心目中女人的美？

虹：女人的美，在我小时候，很羡慕那种戴眼镜的女人，她们有知识、有学问，透露出别样的光芒。记得有一回在电影院，我少有机会在电影院，开映前，有一个女人戴着眼镜从厕所门口走出来，有一个男孩子没看见，对撞过去，那女人身体斜了斜，没有生气，反而伸出手去扶起男孩，然后伸直背，朝男孩一笑。那笑真美，那气度让人钦服。好多年，我都记得那场面。

女人的美，有天然的，有后天的，有丝绸的，有花朵的，有星月的，也有奇迹的、魔幻的。我是爱美者，只要是美的，我都会屈服。美像一场不经意的烟火，节气过了就过了，不会再来，再来的是另一种节气，节气年年有，但同样的烟火不再。我害怕失去美，也害怕女人不再美。曾说到尤瑟纳尔，她不是那种美女型的女人，可她常年带着同一口箱子到处旅行写作，对我而言是美的。杜拉斯她酗酒成性，一副年老色衰的模样，惹我疼爱。伍尔芙，她装着石头走下河，让最后一口气漂浮在水面上，那种毅然决然，那个角度，一想起，我的心就冰冷。可是能说她们的美如同她们的生命消失殆尽吗？绝对不能。

阿赫玛托娃有首诗：

“深夜，我等着她的来临，好像我的生命十分危险。什么荣誉，什么青春，什么自由，都摆在这位手持诗笛的可爱客人面前。她来了！她撩开披巾，仔细看了看我。

“我对她说：‘是你给但丁口授了《地狱篇》’？她回答：‘是我。’”

那是缪斯。心里有缪斯的女人，美丽会一直跟着她。

张：你会带着什么样的心态去回望过去的创作？

虹：十一部长篇和大量中短篇，还有数也数不清的诗歌，尤其是长篇，几乎全是在长江流域，我通过它们，建立自己的写作王国。

王国在时间锻打之中，时间通过王国一次次变幻色彩。我很难说自己每次回首它们那种复杂感情，包括回首过往生活，生命太多是错误和遗憾！虽然不得不在某一天后悔莫及。

我十八岁离家出走时，因为太年轻，我对现实愤怒而绝望，对未来迷茫而不知所措。那是一个炎热的下午，我读到一首诗：

有一天我失去了一个世界。
有人看见了吗？
凭它前额上环绕的一排星星。
你就能认出它。

真是知音也。我激动万分，艾米莉·迪狄森走进了我。她相貌平平，终生未嫁人，生前只发表过八首诗，死后竟成为比惠特曼更重要的诗人，甚至与莎士比亚齐名。我不得不承认我着迷她的身世，早期诗自觉不自觉地受她的影响，之后是保罗·泽兰。这两个诗人在我作为诗人的角色里分量非常大。当然她与他就像两面镜子，始终在我面前，照着如此的镜子，我理性多了，过去的写作属于过去，重要的是以后的写作。

张：有些人说，《小小姑娘》中写到的一些故事，在《饥饿的女儿》《好儿女花》中似乎也读到过。为什么选择重新书写它们?

虹：两本书都是关于我的生活，一个是童年少女时代，一个是十八岁前后。《小小姑娘》是《饥饿的女儿》的补充和注解，比如在《饥饿的女儿》中提到了“花痴”，只是几句话。而在《小小姑娘》里写得比较详细，尤其是她帮助我捡废钢铁等事，包括她也“私奔”，可是没有成功，最后她还是命运如旧，站在小桥上，成为一道风景。

我以不同形式简写或详写童年，写一次便是一次重新看待过去，整理记忆里的阴影，身体就会轻盈一次。重写同样的故事，杜拉斯做到了淋漓尽致，她在七十岁时写小说《情人》回忆了十六岁时在印度支那与一个中国情人的初恋。七年后初恋情人死去，她又把《情人》重写为《北方的中国情人》。有关的人都已去世，于是杜拉斯的回忆更无顾忌、更大胆，性恋描写也更赤裸。两本书同一个故事，却是两个声音，前者像散文，后者像电影剧本，是关于爱与回忆的变奏。

张：在不同的年龄里，重新来面对，诠释曾经的写作素材，对你来说意味着什么？

虹：是各种变奏的咏叹调，像万有引力，把那天上之虹吸引下来，让那爱我的人永不变心。

张：《小小姑娘》是散文集，选择用散文的形式重述某些故事，与此前用小说来呈现，其区别和关系是怎样的？

虹：简洁轻快，心境不同，没有过重的负担。写完一篇，就可平静，如同向神祈祷："深渊说，不在我内。"